MARIE v. EBNER-ESCHENBACH

DIE FREIHERRN VON GEMPERLEIN

PHILIPP RECLAM JUN. STUTTGART

Universal-Bibliothek Nr. 7477
Lizenzausgabe des Winkler-Verlages, München.
Gesetzt in Borgis Garamond-Antiqua. Printed in Germany 1978.
Satz: Bernhard Baumgarten, Esslingen/N. Druck: Reclam Stuttgart
ISBN 3-15-007477-0

I.

Das Geschlecht der Gemperlein ist ein edles und uraltes; seine Geschicke sind auf das innigste mit denen seines Vaterlandes verflochten. Es hat mehrmals glorreich geblüht, es ist mehrmals in Unglück und Armut verfallen. Die größte Schuld an den raschen Wandlungen, denen sein Stern unterworfen war, trugen die Mitglieder des Hauses selbst. Niemals schuf die Natur einen geduldigen Gemperlein, niemals einen, der sich nicht mit gutem Fug und Recht das Prädikat „der Streitbare" hätte beilegen dürfen. Dieser kräftige Familienzug war allen gemeinsam. Hingegen gibt es keine schrofferen Gegensätze als die, in denen sich die verschiedenen Gemperlein-Generationen, in bezug auf ihre politischen Überzeugungen, zueinander verhielten.

Während die einen ihr Leben damit zubrachten, ihre Anhänglichkeit an den angestammten Herrscher mit dem Schwert in der Faust zu betätigen und so lange mit ihrem Blute zu besiegeln, bis der letzte Tropfen desselben verspritzt war, machten sich die andern zu Vorkämpfern der Revolte und starben als Helden für ihre Sache, als Feinde der Machthaber und als wilde Verächter jeglicher Unterwerfung.

Die loyalen Gemperlein wurden zum Lohne für ihre energischen Dienste zu Ehren und Würden erhoben und mit ansehnlichen Ländereien belehnt, die aufrührerischen zur Strafe für ihre nicht minder energische Widersetzlichkeit in Acht und Bann getan und ihrer Güter verlustig erklärt. So kam es, daß sich dieses alte Geschlecht nicht, wie so manches andere, eines seit undenklichen Zeiten von Kind auf Kindeskind vererbten Stammsitzes zu erfreuen hatte.

Am Schlusse des 18. Jahrhunderts gab es einen Freiherrn Peter von Gemperlein, der, der erste seines kriegerischen Hauses, dem Staate als Beamter diente und noch am Abende seines Lebens ein hübsches Gut in einer der fruchtbarsten Gegenden Österreichs erwarb. Dort beschloß er hochbetagt, in Frieden mit Gott und mit der Welt, sein Dasein. Er hinterließ zwei Söhne, die Freiherren Friedrich und Ludwig.

In diesen beiden letzten Sprossen schien die im Vater verleugnete Gemperleinsche Natur sich wieder auf sich selbst besonnen zu haben. Sie brachte noch einmal, und zwar, was sie früher nie getan, in demselben Menschenalter, die beiden Typen des Geschlechtes, den feudalen und den radikalen Gemperlein hervor. Friedrich, der ältere, war, seiner Neigung folgend, in der Militärakademie zu Wiener Neustadt zum Waffenhandwerk ausgebildet worden. Ludwig bezog im achtzehnten Jahre die Universität in Göttingen und kehrte im zweiundzwanzigsten, mit einer prächtigen Schmarre im Gesicht und mit dem Ideale einer Weltrepublik im Herzen, nach Hause zurück.

Genau fünfzehn Jahre eines hartnäckigen, mit Kraft und Kühnheit geführten Kampfes brauchten die Brüder, um einzusehen, daß für sie in der Welt nichts zu suchen, daß Friedrichs Zeit vorüber und Ludwigs Zeit noch nicht gekommen war.

Der erste legte sein Schwert nieder, müde, einem Monarchen zu dienen, der in Eintracht leben wollte mit seinem Volke, der zweite wandte sich grollend von seinem Volke ab, das seinen Nacken willig und vergnügt dem Joche der Herrschaft beugte.

Zu gleicher Zeit bezogen Friedrich und Ludwig ihre Besitzung Wlastowitz und widmeten sich mit Liebe und Begeisterung der Bewirtschaftung derselben.

Wenn auch so verschieden voneinander wie Ja und Nein, begegneten sich die Freiherren doch in einem Kapitalpunkte: in der unaussprechlichen Anhänglichkeit, die sie nach und nach für ihren ländlichen Aufenthaltsort faßten.

Kein überzärtlicher Vater hat jemals den Namen seiner einzigen Tochter in schmelzenderem Tone ausgesprochen, als sie den Namen Wlastowitz auszusprechen pflegten. Wlastowitz war ihnen der Inbegriff alles Guten und Schönen. Für Wlastowitz war ihnen kein Opfer zu groß, kein Lob erschöpfend. „Mein Wlastowitz“, sagte jeder von ihnen, und jeder hätte es dem andern übel genommen, wenn er nicht so gesagt haben würde.

Bald nach ihrer Ankunft hatten die Brüder beschlossen, das väterliche Erbe in zwei gleiche Hälften zu teilen. Das Schloß mit seinen Dependenzen sollte im Besitze Friedrichs verbleiben, der dafür die Verpflichtung übernahm, für Ludwig inmitten von dessen Grundstücken das Blockhaus errichten zu lassen, in welchem dieser an der Spitze der Familie, die er gründen wollte, zu leben und zu sterben gedachte.

Die Teilung wurde vielfach und hitzig erörtert, sie jedoch wirklich zu vollziehen, hoho! das überlegt man sich. Einen solchen Entschluß faßt man wohl; ihn auszuführen, verschiebt man gern von Jahr zu Jahr. Auf welches Stück, welchen Fußbreit, welche Scholle der geliebten Erde sollte einer der Brüder freiwillig verzichten? Jedem wäre der Grenzstrich, der Mein und Dein voneinander geschieden, und das Gut, das als Ganzes einzig und vollkommen war, in zwei unvollkommene Hälften gespalten hätte, mitten durch das Herz gegangen.

Nichtsdestoweniger war seit langer Zeit die Grenze zwischen Ober- und Unter-Wlastowitz in der Katastralmappe verzeichnet, lag der Plan zu Ludwigs Blockhaus wohlverwahrt im Archiv, und einmal geschah es . . . aber wir wollen der ohnehin unausbleiblichen Katastrophe dieser wahrhaftigen Familiengeschichte nicht vorgreifen.

Das Leben, das die Freiherren auf dem Lande führten, war ein äußerst regelmäßiges. Schon am frühen Morgen verließen beide das Schloß und ritten zusammen im Sommer auf das Feld, im Winter in den Wald. Doch ereignete es sich gar selten, daß sie auch zusammen heimkehrten. Meistens kam Friedrich zuerst, mit hochgeröteten Wangen und blitzenden Augen, durch die gegen Norden gelegene Kastanienallee im Schritt nach Hause geritten. Sein ehemaliger Privatdiener und jetziger Bedienter Anton Schmidt erhielt den Befehl: „Frühstück auftragen!" mit dem zornig klingenden Zusatze: „Für mich allein!"

Anton begab sich an die Küchentür, wartete ein Weilchen und rief dann plötzlich dem Weibervolke am Herde zu: „Das Frühstück für die Herren!"

Das war der Moment, in dem Ludwig auf schaum- und schweißbedecktem Pferde durch das gegen Süden gelegene Tor in den Schloßhof sprengte. Sein schmales, feines Gesicht war so gelb wie eine Weizenähre um Peter und Paul, die hohe Denkerstirn schwer umwölkt. In gebieterischer Haltung betrat er den Speisesaal. Dort saß Friedrich, viel zu sehr in die „K. K. ausschl. priv. Wiener Zeitung" vertieft, um das Erscheinen seines Bruders wahrnehmen zu können. Dieser entfaltete sofort die „Augsburger Allgemeine“ und hielt sie mit der linken Hand vor sich hin, während er mit der rechten den Tee in seine Tasse goß. Eifrig wurde gelesen, hastig gefrühstückt und sodann aus türkischen Pfeifen kräftigst geraucht. Die beiden Freiherren saßen einander gegenüber auf ihren steiflehnigen Sesseln, die Zeitungen vor den Gesichtern, vom Wirbel bis zur Sohle eingehüllt in schwere Rauchwolken, aus denen von Zeit zu Zeit ein Fluch, ein zürnender Ausruf als Vorzeichen nahenden Gewitters sich vernehmen ließ.

Auf einmal rief's da oder dort: „Oh, diese Esel!“ und eine Zeitung flog unter den Tisch. Die politische Debatte war eingeleitet. Gewöhnlich gestaltete sie sich stürmisch und schloß nach etwa viertelstündiger Dauer mit einem beiderseitigen: „Hol' dich der Teufel!“

Es gab aber auch Tage, an denen Ludwigs besonders gereizte Laune Abwechslung in die Sache brachte. Da führte er Reden, so persönlich giftig und beleidigend, daß sein Bruder sie zu beantworten verschmähte. Friedrichs offenes, sonst so freundliches Gesicht nahm einen starren Ausdruck an, ein Zug von unversöhnlichem Grimme legte sich um seinen Mund; jedes Haar seines Schnurrbartes schien sich trotzig emporzusträuben. Er stand auf, ergriff seinen Hut, rief seinen braunen, kurzhaarigen Jagdhund und verließ schweigend das Zimmer. Der breite Rücken, die mächtigen Schultern waren etwas gebeugt, als trügen sie eine schwere Last.

Ludwig bemerkte es, obwohl er ihm nur flüchtig nachsah, murmelte einige unverständliche Worte und las seine Zeitung mit all der Aufmerksamkeit zu Ende, die ein Mensch aufwenden kann, dem die Herrschaft über seine Gedanken so ziemlich abhanden gekommen ist. Bald jedoch erhob er sich und begann mit dröhnenden Schritten im Gemache auf und ab zu schreiten. Seine Miene wurde immer finsterer. Er warf den Kopf zurück, er nagte an der Unterlippe; er richtete seine schlanke Gestalt immer kühner und herausfordernder auf.

Wonach verlangte ihn denn noch, als nach Ruhe und Frieden! Hier hatte er gehofft, ihrer teilhaftig zu werden. Ja, eine saubere Ruhe, ein sauberer Frieden! Um *die* zu finden, braucht man sich nicht zurückzuziehen in die Einöde, sich nicht zu vergraben in geisttötende Abgeschiedenheit. Wenn es aber schon nicht anders ist, wenn du recht hast, o Seneca! wenn Leben Kriegführen heißt und durchaus gestritten sein muß, dann sei es auf würdigem Kampfplatze! Dann sei es in der Welt, wohin ein Mann gehört, den das Schicksal mit ungewöhnlicher Ausdauer und mit ungewöhnlichen Geistesgaben gesegnet oder – heimgesucht hat.

Ludwig ging langsam die Treppe hinab. Sein struppiger, immer verdrießlicher Pintscher folgte ihm bellend nach.

Unter dem Tore blieb der Freiherr stehen und sah sich einmal wieder die Gegend an. Die grünen Höhen, die in sanften Wellenlinien den Horizont ziemlich eng umgrenzten, mahnten sie nicht: Stecke dir nicht allzuweite Ziele! Was wir umschließen, ist auch eine Welt, eine stille zwar, aber die deine – laß es dir gefallen in unserer Hut!

Auf einem der Ausläufer des Gesenkes lag der freundliche Hof, der den Stolz des Gutes Wlastowitz, die Elite der Negretti-Herde, beherbergte. Wie ein Schlößchen, stilvoll und blank, nahm er sich aus inmitten stattlicher Pappelbäume. Die sanft abgleitende Hügellehne nebenan, noch vor dreißig Jahren ödes Land, war jetzt in einen Obstgarten verwandelt. Dank dem treuen Vater, der ihn gepflanzt! Nicht für sich wahrlich, er sollte in seinem Schatten nicht mehr ruhen, sich an seinen Früchten nicht mehr erfreuen! Für die Söhne, deren er stets gedachte und die er so selten sah, für die Söhne, die ferne von ihm ihre ehrgeizigen Ziele verfolgten und – wie vergeblich! – dauerndes Gut, dauerndes Glück im wechselvollen Leben suchten.

Nun standen die Birnbäume in der Fülle ihrer Kraft, die Apfel- und Pflaumenbäume streckten ihre schwerbeladenen Äste breit um sich, und die zierlich schlanken Kirschbäume, was für Früchte hatten die in den letzten Jahren getragen! Groß wie Nüsse und saftig wie Weintrauben. Ja, die Kirschen in Wlastowitz, die schmecken nicht nur den Kindern!

Und die Felder ringsum – im Frühling ein grünes, im Sommer ein goldenes Meer, im Herbst aber erst recht eine Wonne für das Auge des Ökonomen: Neue Verheißung nach der reichsten Erfüllung ... Ja, der Boden in Wlastowitz! Gestürzt, geeggt, gewalzt, so fein wie der des sorglichst gepflegten Beetes in einem Blumengarten, so aromatisch wie Spaniol ... schnupfen könnt' man diese Erde!

Ludwigs Blicke schwelgten in all den Herrlichkeiten, und die Falten auf seiner Stirn, die hochgehenden Wogen in seinem Innern glätteten sich. Ein kurzer Kampf noch, noch ein Versuch, den Zorn, die Entrüstung festzuhalten, die ihm abhanden zu kommen drohten, dann war's vorbei: – „Wo ist mein Bruder?" fragte er den ersten, der ihm begegnete, und machte sich die erhaltene Auskunft schleunigst zunutze.

Um zwei Uhr kamen die Herren, natürlich streitend, aber doch zusammen vom Felde zurück und setzten sich zu Tische. Nachmittags widmeten sie sich der Erziehung ihrer Hunde und Pferde, nahmen eine Rekognoszierung des Gutes oder eines Teiles desselben vor und besprachen mit Herrn Verwalter Kurzmichel das morgige Tagewerk. Den Schluß des heutigen bildete ein allerschwerster, mit der allergrößten Erbitterung geführter Streit über religiöse, politische und soziale Fragen. Sehr aufgeregt und einander ewigen Widerstand schwörend, gingen die Brüder zu Bett.

Das war im großen ganzen, abgesehen von den Veränderungen, welche die jeweilige Jahreszeit, die Jagden, die Besuche in der Nachbarschaft mit sich brachten, die Lebensweise der Freiherren von Gemperlein.

Einem oberflächlichen Beobachter mochte sie nicht besonders reizend erscheinen, der tiefer eindringende jedoch mußte zugeben, daß sie auch angenehme Seiten habe. Die angenehmste war die hohe Achtung, in der die Brüder bei ihrer Umgebung standen. Mochte sich auch ein gutes Teil Furcht in diese Achtung mischen, das nahm ihr nichts von ihrem Werte. Welcher von den beiden Herren strenger gegen seine Diener sei, hielt schwer zu entscheiden. Sie forderten viel, aber niemals ein Unrecht; sie waren oft unerbittlich hart, aber sie ehrten in dem Geringsten, ja noch in dem Unverbesserlichen – den Menschen.

„Weil ich höher stehe als der arme Teufel, mein Nächster, und in ihm einen Schutzbefohlenen respektieren muß", sagte Friedrich.

„Weil ich seinesgleichen bin", sagte Ludwig, „und sogar in dem verzerrten Ebenbilde meine Züge wiederfinde."

„Du Spitzbube!" rief Friedrich dem verstockten Sünder zu, „weißt du nicht, was das Gesetz befiehlt? Hörst du nicht, was der Pfarrer predigt?

Warte nur, dich kriegt die Gendarmerie und drüben ganz gewiß – die Hölle!"

Ludwigs Ermahnungen hingegen lauteten: „Wann werdet ihr endlich lernen, euch selbst in Zucht zu halten? Wann werdet ihr endlich, ihr Dummköpfe, müde werden, Leute zu bezahlen, die euch überwachen, euch einsperren und manchmal sogar aufhenken? Regiert euch selbst, ihr Esel, dann erspart ihr alles Geld, das euch jetzt die Regierung kostet."

So eindringliche Vorstellungen blieben nicht ganz ohne Wirkung, und eine viel größere, als sie hatten, schrieben ihnen die Freiherren zu, die überhaupt trotz mancher erlittenen Enttäuschung alles, was sie am innigsten wünschten, auch für das Wahrscheinlichste hielten. Auf diese Weise genossen sie so manches Glück, das sie niemals gehabt, kosteten es in Gedanken durch und empfanden dabei vielleicht ein lebhafteres Vergnügen, als wenn es ihnen in Wahrheit zuteil geworden wäre. Die reiche Phantasie, welche die Natur ihnen geschenkt, entwickelte sich in dem stillen Wlastowitz viel üppiger, als dieses im Wirbel des Weltgetriebes hätte geschehen können, und bereitete ihnen eine Fülle reiner Freuden, die nur der belächelt und verschmäht, der nicht fähig ist, sich ähnliche zu schaffen.

Bekanntermaßen fließt das Dasein je einförmiger, desto rascher dahin, und ehe die Brüder sich's versahen, kam der Tag heran, an dem Friedrich sagen konnte: „Ich möchte wissen, ob es jemals einen denkenden Menschen gegeben hat, der nicht schon die Bemerkung gemacht hätte, daß die Zeit doch eigentlich sehr schnell vergeht."

„Im Gegenteil", sprach Ludwig, „diese Wahrheit ist schon so oft ausgesprochen worden, daß gar nichts daran liegt, sie noch einmal auszusprechen."

„Würden wir's glauben, wenn wir's nicht wüßten", fuhr Friedrich fort, „es ist jetzt gerade zehn Jahre her, daß wir in Wlastowitz eingezogen sind."

Ludwig fegte mit der Reitgerte die Spitzen seiner staubigen Stiefel, kreuzte dann die Arme und starrte melancholisch ins Grüne, das heißt ins Gelbe, denn es war Herbst, und sie saßen vor einer Goldesche.

„Zehn Jahre", murmelte er, „ja, ja, ja – zehn Jahre. Hätte ich damals geheiratet, damals, als ich so gute Gelegenheit ... als ich sehr geliebt wurde – –"

„Als du geliebt wurdest", wiederholte Friedrich und zwang sich, ein ernsthaftes Gesicht zu machen.

„– So könnte ich jetzt bereits Vater von neun Kindern sein."

„Von achtzehn, wenn deine Frau dir jedesmal Zwillinge beschert hätte, von noch viel mehr, weil ja die Aepelblüh büschelweise auf die Welt zu kommen pflegen!" sprach Friedrich und lachte.

Ludwig sah ihn von der Seite an. „Es gibt", sagte er wegwerfend, „nichts Dümmeres als ein dummes Lachen."

„Es gibt nichts Lächerlicheres als einen Mann, der am hellen, lichten Tage träumt und ohne Fieber phantasiert", rief Friedrich. „Zum Kuckuck mit all deinem Wenn und Vielleicht, mit deinen Schimären und Hirngespinsten. Du leidest an fixen Ideen. Halte dich doch endlich einmal an das Reale, an die Wirklichkeit!"

Jetzt schlug Ludwig ein grelles Gelächter auf. Er erhob die Augen und die gerungenen Hände anklagend zum Himmel. „Das Reale! Die Wirklichkeit!" schrie er, „o Gott, der spricht von ihnen ... Der! ... und war drei Jahre lang in einen Druckfehler verliebt!"

Friedrich senkte zornig-beschämt den Kopf und biß seinen Schnurrbart. Plötzlich fuhr er auf: „Und du – weißt du denn – –?"

Ein verhängnisvolles Wort schwebte auf seinen Lippen, doch sprach er es nicht aus, sondern brummte nur leise vor sich hin: „Hol's der Geier!"

II.

Schon im ersten Jahre ihrer Niederlassung in Wlastowitz hatten die Brüder beschlossen, sich zu verheiraten, und auch bereits die Wahl ihrer zukünftigen Gattinnen getroffen. Friedrich entschied sich für eine Gräfin Josephe, Tochter des Hochgeborenen Herrn Karl, Reichsgrafen von Einzelnau-Kwalnow, und der Hochgeborenen Frau Elisabeth, Reichsgräfin von Einzelnau-Kwalnow, geborenen Freiin von Czernahlava, Sternkreuzordensdame. Ludwig, der längst mit sich darüber im reinen war, daß er lieber zeitlebens in dem ihm eigentlich verhaßten Junggesellenstande verharren als eine Aristokratin heiraten wolle, faßte den Entschluß, Lina Aepelblüh, ein Kaufmannstöchterlein aus dem nächsten Städtchen, zu seiner Frau und zur Mutter einer großen Anzahl freisinniger Gemperleins zu machen.

Daß die Bekanntschaft, die die Brüder mit ihren Auserwählten geschlossen hatten, von sehr intimer Art gewesen sei, ließ sich nicht behaupten. Friedrich war seiner Braut im Genealogischen Taschenbuche der gräflichen Häuser begegnet und wußte nur weniges von ihr, dieses wenige aber mit Bestimmtheit. Sie wohnte in Schlesien, auf dem 1100 Joche umfassenden Gute ihres Vaters, stand im Alter von dreiundzwanzig Jahren, hatte fünf Brüder, von denen der älteste dreizehn Jahre zählte, und bekannte sich zur katholischen Konfession.

Ihre Familienverbindungen waren sowohl väterlicherseits als mütterlicherseits äußerst achtbare. Sie gehörte zwar nicht dem höchsten, aber einem guten, erbgesessenen Adel an, dessen Anciennität der des Gemperleinschen nichts nachgab. Einen nicht geringen Einfluß auf Friedrichs Wahl übte der Umstand, daß Josephe nur Brüder und keine Schwestern hatte; so geriet der Mann, der sie heimführte, nicht in Gefahr, seinen häuslichen Frieden durch einige allenfalls zum Zölibat verurteilte Schwägerinnen bedroht zu sehen. Kurz, unter sämtlichen Töchtern des Landes, die das gräfliche Taschenbuch aufzuführen wußte, paßte für Friedrich keine wie Josephe Einzelnau.

Er verfolgte den Lebenslauf seiner Erkorenen mit liebevoller Aufmerksamkeit durch drei Jahrgänge des Almanachs und befestigte sich immer mehr in dem Vorsatze, seinerzeit nach Schlesien zu reisen und sich dem Grafen von Einzelnau als ein von den redlichsten Absichten beseelter Bewerber um die Hand Gräfin Josephens vorzustellen.

Ludwig indessen kannte Fräulein Lina nicht nur von Angesicht zu Angesicht, er hatte sie sogar einmal gesprochen, als sie nach Wlastowitz gekommen war, um ihre Tante, die Frau Verwalterin Kurzmichel, zu besuchen.

„Wie geht's?" fragte er das hübsche Kind, das er im Garten mit einer Stickerei beschäftigt traf. Lina Aepelblüh erhob sich von der Bank, auf der sie gesessen, machte einen kurzen, resoluten Knicks, den echten Bürgermädchenknicks, der mit reizendster

Unbeholfenheit das gediegenste Selbstbewußtsein ausdrückt, und anwortete:

„Ich danke, gut."

Wie sehr ihn das freute, verriet ihr ein feuriger Blick seiner blauen Augen, und ihre braunen senkten sich.

Eine Pause. — Was soll ich ihr jetzt sagen? ... Donner und Wetter! Was soll ich ihr jetzt sagen? dachte der Freiherr und rief endlich: „Das macht die Landluft!"

„Oh, mir geht's auch in der Stadt gut!" versetzte die Kleine mit einem muntern Lächeln.

Die Erinnerung an dieses Gespräch beschäftigte den Freiherrn sehr oft und sehr angenehm: er gab sich ihr ohne Rückhalt hin, und seine Phantasie schmückte das bescheidene Erlebnis mit den anmutigsten Zutaten aus. Der Gruß der lieblichen Jungfrau, ihr Lächeln, ihr Erröten gewannen eine täglich wachsende, für ihn immer schmeichelhaftere Bedeutung.

Eines Tages — an einem Sonntage war's, an dem das Ehepaar Kurzmichel auf dem Schlosse gespeist hatte — wandte sich Ludwig plötzlich mit den Worten zur Frau Verwalterin: „Ein ganz scharmantes Mädchen, Ihre Nichte! Ein schönes, liebenswürdiges Mädchen."

Frau Kurzmichel hatte eben den Beratungen Friedrichs und ihres Mannes über die bevorstehende Schafschur mit jenem verständnisinnigen Interesse für ernste Dinge gelauscht, dem sie vor allem andern den Ruf einer ausgezeichnet gescheiten Frau verdankte. Sie bedurfte einiger Augenblicke, um ihrem Gedankenfluge die neue Richtung zu geben, die ihm durch Ludwigs wie vom Himmel gefallene Bemerkung vorgeschrieben wurde. Sobald ihr dies jedoch gelungen, verbreitete sich ein Ausdruck zarten Wohlwollens über ihr großes, würdevolles Gesicht. Sie schüttelte beistimmend die Locken, die, unzertrennlich von der Sonntagshaube, mit dieser zugleich angelegt wurden, und sprach: „Ein braves Kind! Ein wohlerzogenes, häusliches . . . Ich darf es gestehen."

Das Lob der sittenstrengen Dame war ein Moralitätszeugnis von unschätzbarem Werte.

Ludwig sagte nur: „So, so", aber er rieb sich die Hände mit einer Art von Phrenesie, was bei ihm das Zeichen allerhöchsten Behagens, eines wahren Glückseligkeitsrausches war.

Schon einige Monate später kündigte er seinem Bruder eines Abends an, daß es sein ganz bestimmter, unerschütterlicher, durch keine Rücksicht, keinen Widerstand, kein Hindernis, mit einem Worte durch nichts auf Erden zu besiegender Wille sei, sich mit Lina Aepelblüh zu verheiraten.

Als er diesen Namen nannte, schoß Friedrich einen Blick nach ihm, geladen mit Entrüstung und wildem Hohne, doch senkte er ihn sogleich wieder auf das Buch, das er vor sich liegen hatte. Es war „Judas, der Erzschelm", sein Lieblingsbuch. Die Ellbogen auf den Tisch gestemmt, die zu Fäusten geballten Hände an die Schläfen gepreßt, setzte er mit leidenschaftlicher Aufmerksamkeit seine Lektüre fort. Auch Ludwig hatte seine Arme, jedoch verschränkt, auf den Tisch gelegt, machte, wie man zu sagen pflegt, einen Katzenbuckel und blickte seinen Bruder scharf und unverwandt an. Dieser wurde immer röter im Gesicht, immer drohender zogen die Falten auf seiner Stirn sich zusammen, allein er las – und schwieg.

Nun stieß Ludwig ein gellendes „Haha!" hervor, lehnte sich zurück und begann zu pfeifen.

„Pfeif nicht!" schrie Friedrich heftig, ohne jedoch die Augen zu erheben.

„Schrei nicht!" entgegnete Ludwig überlaut und setzte rasch und polternd hinzu: „Was hast du gegen meine Heirat? Es ist mir zwar ganz gleichgültig, aber ich will es wissen!"

Friedrich schob das Buch von sich. „Ich hab' gegen deine Heirat – nichts!" sagte er, „heirate, wen du magst, meinetwegen eine Tagelöhnerin! . . . Nur", sein Gesicht nahm einen Ausdruck von kalter Grausamkeit an: er durchschnitt mit einer feierlichen Bewegung der erhobenen Hand die Luft zwischen sich und seinem Bruder, „nur: Jedem das Seine! – Es gibt Stufen im Leben. – Dich zieht's nach den unteren, mich – nach den oberen . . ."

„Was?" unterbrach ihn Ludwig mit herausforderndem Spotte. „Was gibt's im Leben? – Stufen?"

Friedrich ließ sich nicht irre machen; er fuhr in dem magistralen Tone fort, den er in entscheidenden Augenblicken anzunehmen wußte: „Meine Frau hüben – die deine drüben. Umgang duld' ich nicht. Die Schwelle der geborenen Aepelblüh wird meine Josephe niemals überschreiten."

„Das hoff' ich!" rief Ludwig. „Umgang mit einer hochmütigen Aristokratin – dafür dank' ich. Meine Frau soll gar nicht ahnen, daß Närrinnen existieren, die sich für etwas Besonderes halten, weil man ihre Ahnen zählen kann!"

„Warum kann man das?" fiel Friedrich ein. „Weil die Ahnen sich hervorgetan haben, nicht untergegangen sind in der Menge – darum kann man sie zählen."

„Zufall!" entgegnete der jüngere Freiherr von Gemperlein, „daß sie sich hervortun konnten; Gunst der Verhältnisse, daß die Erinnerung an ihr ehrenwertes oder nichtsnutziges Wirken sich im Volke wach erhielt . . . Es gibt Taten genug – lies die Geschichte! –, es gibt weltumgestaltende Ereignisse genug, deren Urheber niemand zu nennen weiß . . . Was ist's mit den Nachkommen dieser Männer? Kannst du darauf schwören, daß dein Anton Schmidt nicht von dem Sänger des schönsten deutschen Götterliedes, nicht von einem der Wahlkönige der Goten abstamme? Kannst du darauf schwören?" fragte er und sah seinen Bruder durchbohrend an. Dieser, ein wenig außer Fassung gebracht, zuckte die Achseln und sprach: „Lächerlich!"

„Lächerlich? Ich will dir sagen, was lächerlich ist. Es ist lächerlich, Auszeichnungen zu genießen, die andere verdienten. Es ist mehr als lächerlich, es ist niedrig, den Lohn fremder Mühe einzusäckeln!"

„Fremder? Sind meine Ahnen mir fremd?!"

„Laß deine Ahnen in Ruh'! Wirst du denn ewig deinen Anspruch auf das Köstlichste, das es gibt, auf die Achtung der Menschen, aus dem Ekelhaftesten, das es gibt, aus dem Moder wühlen? . . . Pfui! mich widert's an!" Ludwig schüttelte sich vor Abscheu und fügte dann ruhiger, in beinah flehendem Tone hinzu: „Wirst du denn niemals einsehen, daß sich zugunsten der Adelsinstitution nichts vorbringen läßt, als was Staatsanwalt Séguier – lies die Geschichte! – zugunsten anderer Mißbräuche sagte: Ihre lange Ausübung macht sie ehrwürdig . . . Oder was die Bollandisten zugunsten des Diebstahls sagten – lies die Acta Sanctorum nur bis zum vierundvierzigsten Band."

„Bis zum wievielten?" schrie Friedrich, empört über diese hirnverbrannte Zumutung.

Sein Bruder lächelte geringschätzig und sprach: „Kennst du den Preis, mit dem du deinen Ahnenstolz bezahlst? Er heißt Selbstachtung! . . . Was ich bin, was ich bleibe, wenn man mir meinen Namen, meinen Rang, mein Vermögen nimmt, darin besteht mein Wert, auf den allein bau' ich mein Recht, das übrige verachte ich als Geschenk des blinden, sinnlosen Zufalls!"

Beide waren aufgesprungen; der Ältere stürzte auf den Jüngeren los und packte ihn an den Schultern: „Wessen Geschenk sind denn diese Schultern, wem verdankst du diese Brust, den Wuchs, der das Mittelmaß der Menschen um Kopfeshöhe überragt? Und daß in deiner Brust ein redliches Herz schlägt, und daß in deinem Kopfe Ideen wohnen – tolle freilich – aber doch Ideen – wem verdankst du das alles? Hast du's vom Zufall oder hast du's von deinen Ahnen?"

„Ich hab's von der Natur!"

„Jawohl, von der Gemperleinschen Natur!" versetzte Friedrich triumphierend.

„Dein Gedankenkreis", sagte Ludwig nach einer kleinen Pause, „hat nicht mehr Umfang als der eines Perlhuhns. Ein fester Punkt ist da, um den drehst du dich herum wie jenes Tier auf dürrer Heide – –"

„Perlhuhn? Tier?" brummte Friedrich; „einmal könntest du aufhören mit deinen Vergleichen aus der Zoologie."

„Der feste Punkt, von dem aus jeder Esel", Ludwig ließ die Stimme auf diesem Worte ruhen, um zu zeigen, wie wenig er die erhaltene Ermahnung berücksichtigte, „von dem aus jeder Esel die vernünftige Welt aus ihren Angeln heben kann, heißt das Vorurteil."

„Ludwig! Ludwig!" unterbrach ihn hier sein Bruder, „mit erhobenen Händen beschwör' ich dich:

Taste das Vorurteil nicht an . . . Vorurteil!" wiederholte er und legte auf dieses Wort einen unbeschreiblichen, man könnte sagen zärtlichen Nachdruck, „so nennt der Grobian die Höflichkeit, der Egoist die Selbstentäußerung, der Schurke die Tugend, der Atheist den Glauben an Gott, das ungeratene Kind die Ehrfurcht vor den Eltern! Nimm das Vorurteil, du nimmst die Pflicht aus der Welt!"

„Holla! Es ist genug!" sprach Ludwig gebieterisch. „Dir beweisen Gründe nichts, man muß mit Taten kommen." Er warf den Kopf zurück, sein Blick war prophetisch in die Ferne gerichtet, eine erhabene Zuversicht klang aus seiner Stimme. „*Meine Kinder* werden dich lehren, was es heißt, erzogen sein in Ehrfurcht vor dem Ehrwürdigen, aber – ohne Vorurteil . . ."

„Deine Kinder! Bleib mir mit deinen Kindern vom Leibe!" schrie Friedrich auf und focht mit verzweiflungsvoller Hast in der Luft umher, als gälte es, von allen Seiten in hellen Schwärmen heranfliegende kleine, vorurteilslose Gemperleins von sich abzuwehren, „sie dürfen mir nicht über die Schwelle, deine Kinder! Ich verbiete ihnen mein Haus!"

Tief verletzt in seinem etwas verfrühten Vaterstolze wandte Ludwig sich ab.

„Kinder ohne Vorurteile!" fuhr Friedrich empört fort, „Gott bewahre einen vor solchen Ungeheuern!"

„Brauchst Gott nicht anzurufen, bist schon bewahrt", versetzte sein Bruder mit eisiger Kälte. „Das übrigens versteht sich von selbst – an die Tür, die meiner Frau, meinen Kindern gewiesen wurde, werde ich nie pochen. Unsere Wege trennen sich. Wo sind die Schlüssel des Archivs?"

Er holte die Karte von Wlastowitz herbei, breitete sie auf dem Tische aus und begann die Grenzlinie, die das schöne Blatt ohnehin schon traurig verunstaltete, zu beiden Seiten so derb zu schattieren, daß sie jetzt wie ein hoher, unübersteiglicher Gebirgszug erschien, der sich schroff durch die spiegelglatte Ebene, durch die blühendsten Felder und Wiesen hinschlängelte. Friedrich sah ihm traurig und grimmig zu.

„So!" brummte Ludwig jedesmal, wenn er von neuem die Feder eintauchte, „das zwischen uns. Hier bist du – hier bin ich. Gemeinschaft ist gut im Himmel, aber leider! leider! nicht auf der Erde ... Die jetzigen Menschen sind noch nicht danach! ..."

Nicht so schnell als mit der längst auf dem Papier durchgeführten Teilung der Gründe konnte Ludwig mit der Wahl des Platzes fertig werden, an dem das Blockhaus zu errichten sei; gegen jeden, für den er sich entschied, machte Friedrich einen triftigen und berücksichtigenswerten Einwand. Ludwig verlor endlich das bißchen Geduld, das er noch zu verlieren hatte.

„Jetzt hab' ich's satt. Da wird's stehen!" rief er und bezeichnete mit der in zorniger Hast geschwungenen Feder die Stelle, auf der sein zukünftiges Heim sich erheben solle. Ach! Wie eine schwarze Träne fiel ein großer Klecks auf die Karte von Wlastowitz. Auf die schöne Karte, das treffliche, noch auf Anordnung des seligen Vaters mit wahrem Mönchsfleiße ausgeführte Werk eines ausgezeichneten Ingenieurs ... Friedrich zuckte zusammen, und Ludwig murmelte: „Hunderttausend Millionen Donnerwetter! Die verdammte Feder!" –

Herr Verwalter Kurzmichel war an jenem Abend eben im Begriffe, das eheliche Lager zu besteigen, auf dem seine Gemahlin bereits Platz genommen, als er durch heftiges Pochen am Haustor in seinem Vorsatze gestört wurde. Eilige Schritte auf der hölzernen Treppe, rasch gewechselte Worte — — Frau Kurzmichel saß schon aufrecht in ihrem Bette — die beiden Gatten sahen einander an; er ein Bild der Bestürzung, sie ein Bild der Wachsamkeit. Nun klopfte es an die Stubentür: „Herr Verwalter", ruft die Magd, „Sie sollen kommen — ins Schloß — gleich!"

„Um Gottes willen — brennt's?" stöhnte Herr Kurzmichel und stürzte auf die Tür zu. Aber seine Frau kam ihm noch glücklich zuvor: „Kurzmichel — du wirst doch nicht — du bist — — in diesem Nachtanzuge ..."

„Wahr, wahr!" entgegnete Herr Kurzmichel mit klappernden Zähnen, eilte an den Nachttisch zurück, setzte für alle Fälle seine Brille auf und machte krampfhafte Versuche, seine Tabaksdose in eine nicht vorhandene Tasche zu versenken.

„Ruhe, Kurzmichel! — in jeder Lage des Lebens Ruhe!" mahnte die Frau Verwalterin und rief nun ihrerseits durch die geschlossene Tür: „Brennt es?" — „Nein — brennen tut's nicht!" antwortete von draußen Antons derbe Stimme. „Aber der Herr Verwalter soll gleich ins Schloß kommen!"

Frau Kurzmichel half dem Gatten in die Kleider: „Was mag's geben? Was mag's nur geben?" fragte ihr Mann einmal ums andere, und innerlich bewegt, äußerlich aber ruhig wie das gute Gewissen, antwortete die große Frau: „Was soll's denn geben? Die Flanelljacke, Kurzmichel! ... Wer hätte uns etwas vorzuwerfen? Was kann uns geschehen? Ich denke, wir stehen da! Nein! nein — ohne Flanelljacke darfst du mir nicht hinaus in die Nacht!"

Eine Viertelstunde verging. Die Frau Verwalterin hatte inzwischen Tee gekocht und die Wärmflasche mit heißem Wasser gefüllt. Der Herr Verwalter mußte, als er zurückkam, vor allem andern ins Bett. Der Tee, den seine Gattin ihm aufnötigte, verbrannte ihm den Gaumen und die Wärmflasche die Fußsohlen. Er klagte ein weniges darüber. Aber seine heilkundige Hälfte belehrte ihn: „Das ist nur die Erkältung, die herausgeht, das tut nichts ... Und jetzt sprich: Was hat's gegeben im Schlosse?"

„Befehle, liebe Frau; dringende, strikt zu befolgende Befehle wegen des morgen mit dem frühesten beginnenden Baues von Freiherrn Ludwigs ..."

„Blockhaus!" fiel die Frau Verwalterin mit ironischer Schärfe ein.

Ihr Gatte blickte sie voll Erstaunen an: „Woher vermutest du? ..." fragte er.

Die Antwort, die er erhielt, war eine sehr sonderbare. Sie lautete: „Man könnte wahrlich, wenn der Respekt dies nicht verböte, in Versuchung geraten, die Herren Barone trotz all ihrer ausgezeichneten Eigenschaften, die ich verehre, ein bißchen – wie sag' ich *nur* – zu nennen." Die Frau Verwalterin machte eine Pause, bevor sie wieder die schmalen Lippen zu den aufzeichnenswerten Worten öffnete: „Denke an mich, Kurzmichel, denke in zehn Jahren an mich, wenn du noch lebst, was Gott gebe: Das Blockhaus wird nie gebaut! – Gute Nacht, Mann; lege dich aufs Ohr und schlafe; morgen wecke ich dich nicht!"

Man muß gestehen, die seltene Frau gab in jener Stunde einen durch das Dunkel der Zeiten glänzend leuchtenden Beweis ihres Scharfsinnes, ihrer merkwürdigen Voraussicht und ihrer ausgezeichneten Kenntnis des menschlichen Herzens.

III.

Es ist eine ausgemachte Sache, daß Kämpfe, die man mit einem solchen Aufwande an Geist, Ausdauer und Temperament führt, wie die Freiherren von Gemperlein es taten, nach und nach zum Selbstzwecke werden, während die Veranlassung derselben in den Augen der wackeren Streiter immer mehr an Bedeutung verliert. Wenn Friedrich aufrichtig sein wollte, mußte er bekennen, daß er hundert Josephen für einen zu standesgemäßen Überzeugungen bekehrten Ludwig gegeben hätte. Ludwig hingegen gestand sich, daß es ihm süßer wäre, von seinem Bruder ein einziges Mal zu hören: Du hast recht, als von seiner Lina: Ich liebe dich!

Nur in ganz bösen Stunden, in denen sie definitiv aneinander verzweifelten, rafften sie sich zu entscheidenden Entschlüssen auf. So geschah es, daß Friedrich eines Tages seine Koffer packen ließ und seine Abreise nach Schlesien für den kommenden Morgen festsetzte, während Ludwig mit sich selbst zu Rate ging, in welcher Weise er Frau Kurzmichel am besten von seinen Gefühlen für ihre Nichte in Kenntnis setzen könnte. Aber – mitten in diese Vorbereitungen hinein fiel ein Wink vom Himmel in Gestalt einer Büchersendung aus Wien. Die Sendung enthielt unter anderm den neuesten Gothaischen Almanach und dieser die Nachricht, daß Frau Gräfin Mutter Einzelnau am 3. August des laufenden Jahres auf Schloß Kwalnow verschieden sei.

Friedrich war von dem schmerzlichen Verluste, den Josephe erlitten, tief erschüttert, und auch Ludwig, der doch keine Ursache hatte, seine Schwägerin zu lieben, versagte ihr in diesem ernsten Augenblicke seine Teilnahme nicht.

„Ah ça! ah ça! meine arme Josephe!" wiederholte Friedrich sechsmal nacheinander und schnalzte dabei energisch mit den Fingern. „Ich bedauere nur meine arme Josephe. Sie ist es, die durch diesen Trauerfall am schwersten betroffen wird. Auf wem ruht jetzt die ganze Last der Haushaltung? Wer ist jetzt die Stütze des Vaters? Wer vertritt jetzt Mutterstelle an den jungen Brüdern? Niemand anders als sie – meine arme Josephe!"

Er gab sich eine Weile schweigend seinen Betrachtungen hin und sprach dann mit würdiger Resignation: „Sie stören in der Ausübung so heiliger Pflichten, in diesem Augenblicke mit selbstsüchtigen Absichten vor sie treten, das wäre nicht mehr und nicht weniger als eine Roheit! ... Anton, auspacken!" befahl er seinem Diener, der im Nebenzimmer eben damit beschäftigt war, die Koffer zu schließen.

Ludwig hatte sich in das Studium des Taschenbuches vertieft und rief plötzlich aus: „Sage mir doch nur, wo ist denn deine Josephe hingekommen? Ich finde sie nicht mehr. Ich finde nur noch einen Joseph, Oberleutnant im 12. Dragonerregiment."

„Ja, du und der Gothaische Almanach!" sprach Friedrich und nahm mit selbstbewußter Kennermiene seinem Bruder das Buch aus der Hand.

Er überflog die betreffende Stelle, er las, er betrachtete, er magnetisierte sie förmlich mit seinen Blicken, aber – auch er fand seine Josephe nicht. Sie war und blieb verschwunden.

„Was soll denn – was soll denn das heißen?" fragte er in großer Bestürzung und antwortete sich selbst endlich: „Es kann nur ein Druckfehler sein!"

Von neuem begann er seine Prüfung: „Hier fehlt das e – es soll stehen Josephe, nicht Joseph. Der Titel Oberleutnant et cetera gehört meinem Schwager Johann, gehört in die nachfolgende Zeile, ist beim Setzen vermutlich nur zufällig hinaufgerutscht ...“

„Dieser Schwager“, meinte Ludwig, „ist erst sechzehn Jahre alt und sollte schon Oberleutnant sein? Das wäre doch kurios ... Bei aller Protektion, die der Bursche genießen mag, doch kurios! ... Es hat freilich – lies die Geschichte! – im 16. Jahrhundert einen neunjährigen Bischof von Valencia gegeben ...“

„Glaube doch nicht alle diese Klatschereien!“ murmelte Friedrich ärgerlich.

„Dennoch“, fuhr Ludwig fort, „halte ich einen sechzehnjährigen Oberleutnant, in unserem Zeitalter, für ein Ding der Unmöglichkeit.“

Sie begannen zu streiten.

Friedrich aber war nicht bei der Sache; er ließ so manche von Ludwigs verwegensten Behauptungen unangefochten und entgegnete auf einen von dessen tollkühnsten Schlüssen:

„Ein Druckfehler ist's. Man täte gut, die Redaktion davon in Kenntnis zu setzen.“

Noch am selben Abend schrieb er vor dem Schlafengehen folgenden Brief:

„Verehrliche Redaktion des Genealogischen Taschenbuches der gräflichen Häuser!

Der Unterzeichnete, ein langjähriger Verehrer und Leser Ihres Almanachs, nimmt sich die Freiheit, Ihnen einen peinlich sinnstörenden Druckfehler zu notifizieren, der sich auf Seite 237 des diesjährigen Jahrganges eingeschlichen hat, indem auf der früher von Gräfin Josephe eingenommenen Zeile ein Oberleutnant im 12. Dragonerregimente steht, der offenbar dahin nicht gehört, wovon Sie sich durch Nachschlagung der drei früheren Jahrgänge zu überzeugen die Freundlichkeit haben und mir eine dringend erbetene Aufklärung mit umgehender Post zukommen lassen wollen. Empfangen Sie usw."

Nach wenigen Tagen erschien die „erbetene Aufklärung". Sie lautete:

„Verehrter Freiherr!

Kein Druckfehler, sondern – eine Berichtigung. Herr Graf von Einzelnau (der unserer Publikation nur sporadisch Beachtung zu schenken scheint) wies erst bei Gelegenheit des uns mitgeteilten Ablebens seiner Frau Gemahlin auf den bedauerlichen Irrtum hin, der sich leider durch drei Jahrgänge unseres Taschenbuches geschlichen hat. Unserseits ersuchen wir Sie, die früheren Jahrgänge des Almanachs nachzuschlagen, in denen Herr Graf Joseph als Kadett, Leutnant usf. eingetragen steht.

Für Ihre Teilnahme dankend, ergreifen wir diese Gelegenheit, um Sie zu bitten, uns jede in Ihrem werten Hause eintretende Veränderung rechtzeitig bekanntzugeben, und zeichnen usw."

Die Brüder saßen am Frühstückstische, als die verhängnisvollen Zeilen eintrafen. Lange, nachdem er sie gelesen, hielt Friedrich dieselben vor sich hin und blickte sie an wie ein Landmann seine verhagelte Saat, wie ein Künstler sein zerstörtes Werk. Ludwig, der ihn mit ungeduldiger Bestürzung beobachtete, zog ihm endlich das Blatt aus den zitternden, widerstandslosen Händen, überflog es und brach in ein schallendes Gelächter aus. Plötzlich jedoch hielt er inne, hustete und begann sich mit der „Allgemeinen Zeitung" zu beschäftigen.

Friedrich hatte die Pfeife weggelegt, die Arme über die Brust gekreuzt, die Augen niedergeschlagen. Helle Schweißtropfen standen auf seiner Stirn, die so weiß abstach von seinem übrigen sonnverbrannten Gesicht. Ludwig warf besorgte Blicke nach ihm, räusperte sich immer aggressiver, schleuderte die Zeitung zu Boden und schrie wie besessen: „Das bist halt du! So etwas kann nur dir geschehen! Unter den Millionen, welche die Erde bevölkern, nur dir! ... Wenn ich schon ein Narr sein und mir meine Braut im Gothaischen Almanach suchen will, so tue ich's wenigstens gründlich, gehe ihr nach bis auf ihre Quelle, bis auf ihren allerersten Ursprung, kenne ihre Vorvorgroßeltern ungeboren! Aber du! – Was du tust, kannst du nur kavaliermäßig tun, das heißt: – lies die Geschichte! – oberflächlich, leichtsinnig, dumm mit einem Wort! ... Gedankenlosigkeit und Gedankenfaulheit – das ist es ja! Daran geht ihr zugrunde, du und dein ganzer vernunftverlassener Stand!"

Jetzt erhob sich Friedrich brüllend wie ein angeschossener Löwe. Der Bann seines Schweigens war gelöst, und in dem Kampfe, der sich nun entspann, fand er seine Stärke wieder.

Der Einsturz von Friedrichs Luftschlössern hemmte natürlich den Aufbau von Ludwigs sicherem Hause. Wie konnte einer der Brüder daran denken, sich einen behaglichen Herd zu errichten in einem Augenblicke, in dem der andere vor den Trümmern seines Familienglückes stand? Ludwig verschob die Unterredung mit Frau Kurzmichel auf einen günstigeren Zeitpunkt. In drei, in sechs Monaten, wenn Friedrichs Herzenswunde vernarbt sein würde, dann erst wollte er die eigene Liebesgeschichte mit Eifer betreiben.

Aber – nur zu oft meint der Mensch, über sein Schicksal noch entscheiden zu können, während dieses längst über ihn entschieden hat. Die Erfahrung sollte Ludwig schon am folgenden Sonntage machen.

Da erschien Frau Kurzmichel in großem Staate beim Diner. Sie hatte sich mit ihren berühmtesten Garderobestücken geschmückt: mit ihrem braunen Seidenkleide, dem Hochzeitsgeschenk, das ihr Gatte ihr dargebracht, und mit dem gelben Schal, der noch aus dem Nachlasse der hochseligen Frau Baronin, der Mutter der Freiherren, stammte. Das braune Kleid pflegte die Frau Verwalterin bei jeder feierlichen Gelegenheit anzulegen, den gelben Schal aber nur dann, wenn sie sich in besonders gehobener Stimmung befand. Dies war heute der Fall. Man sah es ihrer verheißungsvollen Miene an, daß sie trotz all der Frische und Originalität, die wie gewöhnlich ihr Gespräch beseelten, das Beste doch, wie der Feuerwerker das Bukett, für den Schluß der Vorstellung versparte.

Beim schwarzen Kaffee erhob sie denn auch unter allgemeinem Schweigen die Stimme und sagte: „Darf ich mir erlauben, Freiherrlichen Gnaden eine Mitteilung zu machen, die zwar nur eine tief- und fernstehende, aber Freiherrlichen Gnaden doch bekannte Persönlichkeit betrifft; indem dieselbe vor einiger Zeit die Gastfreundschaft des herrlichen Wlastowitz genossen hat?“

„Wen meinen Sie?“ fragte Friedrich.

„Sie meinen Ihre Nichte Lina Aepelblüh“, sprach Ludwig mit dem devinatorischen Instinkte der Liebe. Frau Kurzmichel verneigte sich beistimmend: „Meine Nichte allerdings – allein nicht mehr Aepelblüh, sondern Klempe, da sie sich vor drei Tagen mit Herrn Notar Klempe in K. verehelicht hat.“

Ludwig fuhr zusammen, und Friedrich rief:

„Was der Teufel! Mit dem? Mit dem alten Griesgram?“

„Griesgram“, berichtigte die Verwalterin, „Griesgram ist ein etwas starker Ausdruck, Herr Baron; ich würde kaum wagen, ihn zu gebrauchen. Der Herr Notar hat allerdings viele – Extremitäten, ist aber ein sehr braver Mann, Herr Baron, und wohlhabend ...“

„Darum also“, fiel Friedrich geringschätzig ein.

„Nicht darum, Herr Baron – aus Liebe ...“

„Aus Liebe“, schrie Ludwig.

„Aus Liebe“, wiederholte Frau Kurzmichel, „zu ihren unbemittelten Eltern und ihren neun unversorgten Geschwistern. Drei davon durfte sie gleich mit ins Haus bringen. Das war ihre Bedingung; sonst hätte sie sich wohl geweigert; denn, du lieber Gott, wenn sie ihrem Herzen hätte folgen dürfen – dieses würde wohl anders – einen andern – ganz anderen Gegenstand ...“ Frau Kurzmichel war bewegt; ihre gewohnte Zurückhaltung verließ sie, und sie schloß, hingerissen von Teilnahme und Rührung: „Ich sollte eigentlich – es ist nicht recht, aber jetzt, wo das Opfer vollbracht ist, alles vorbei, die Pforten der Ehe hinter ihr zugefallen sind ..., ihr Herz, Herr Baron – ist hier zurückgeblieben.“

„Wie? Wo? In Wlastowitz?“ sprach Friedrich betroffen, und Ludwig stand auf und verließ das Zimmer.

„Aber Frau“, sagte der Herr Verwalter, „derlei interne Angelegenheiten haben doch kein Interesse für ...“

„Frau Kurzmichel“, unterbrach ihn Friedrich, der sehr ernst geworden war, „ich wünsche, Sie einen Augenblick allein zu sprechen.“

Frau Kurzmichel errötete, und ihr Gatte, diskret und taktvoll wie immer, entfernte sich sogleich.

Durch einige Zeit herrschte im Saal eine tiefe

Stille. Friedrich rieb sich die Stirn und die Augen, riß unbarmherzig an seinem Schnurrbart und begann endlich: „Können Sie mir sagen ... Nun?"

„Befehlen Herr Baron", sprach Frau Kurzmichel.

„Nun ja", er vermied ihre Augen, „sagen Sie mir – genieren Sie sich nicht: Wer ist denn der Gegenstand, Sie wissen, den Ihre Nichte –."

„Herr Baron, diese Frage –", stotterte Frau Kurzmichel, ganz erschrocken über die ihr rätselhafte Wichtigkeit, die Lina Aepelblühs Herzensangelegenheiten für den Freiherrn zu haben schienen.

Nach abermaliger Pause sagte Friedrich mit ganz ungewöhnlich sanfter Stimme: „Ich *bitte* Sie, genieren Sie sich nicht, vertrauen Sie es mir an, Frau Kurzmichel ... Wer ist der Gegenstand – Sie wissen –."

„Herr Baron, Sie haben von Vertrauen gesprochen", entgegnete Frau Kurzmichel, beugte die Schultern etwas vor und legte so recht hilflos und jeden Widerstand aufgebend die Hände in den Schoß ... „Wenn Sie von Vertrauen sprechen, Herr Baron, da ist es aus, da kann ich nur antworten, ganz schlicht und bündig: Es ist der Amtsschreiber ..."

„Nicht mein – –" beinahe hätte der Freiherr sich verschnappt in seiner ersten Überraschung; „sieh da, der Amtsschreiber, also der Amtsschreiber?!"

Es war ihm sonderbar zumute. Eigentlich freudig, aber eine getrübtere Freudigkeit kann sich niemand vorstellen. Er atmete tief auf, wie befreit von einer schweren Last, und warf dabei einen Blick voll schmerzlicher Zärtlichkeit nach der Tür, aus der Ludwig soeben getreten war.

„Frau Kurzmichel", sprach er, „wollen Sie mir einen Gefallen erweisen?"

„Oh, Herr Baron, was irgend in der Macht eines redlichen Weibes ...“

„An ein unredliches würde ich mich nicht wenden“, fiel Friedrich ein, rückte seinen Stuhl näher dem ihren und blickte sie unbeschreiblich gütig und treuherzig an. „Der Gefallen, um den ich Sie bitte, ist: Wenn mein Bruder Sie fragen sollte: An wen hat denn Fräulein Lina ihr Herz verloren? So antworten Sie: Das ist ein Geheimnis – und, Frau Kurzmichel, Sie sterben lieber, als daß Sie es ihm verraten. Schwören Sie mir das, Frau Kurzmichel?“

„Ich verspreche es“, sagte die große Frau und erhob dabei das Haupt wie ein todesmutiger Soldat im Kugelregen: „Versprechen ist Schwur, Herr Baron.“

„Warum ich das von Ihnen verlange“, versetzte er, „das muß ich Ihnen – nehmen Sie es nicht übel – jetzt und immer verschweigen.“

Die Verwalterin erwiderte einfach und edel: „Herr Baron, ich brauche es nicht zu wissen.“

Mit ungeheuchelter Bewunderung reichte ihr Friedrich die Hand: „Ich glaube Ihnen, Sie sind brav!“ rief er, sich erhebend; „ich sage es immer, Sie haben so etwas – etwas Antikes, Frau Kurzmichel, etwas Römisches.“

Frau Kurzmichel verbeugte sich und verließ den Saal; in ihrer Brust wogten unendliche Gefühle.

Friedrich begab sich in die Allee hinter dem Schlosse, wo sein Bruder ohne Hut, heftig gestikulierend, auf und ab stürmte und ihn mit den Worten empfing:

„Alles hin! – und wer ist schuld? Du! ... Um deinetwillen hab' ich mein Glück versäumt, das meine und das Glück des Mädchens, das mich so ungeheuer geliebt hat ...“

drückten hilflosen Unwillen aus, ihre bleichen Lippen sprachen zitternd: „Ich dachte schon, sie würden einander in die Haare fahren; ich habe alle Farben gespielt . . ."

„Bilden Sie sich nichts ein!" rief die Exzellenz. „Die interessante Blässe Ihrer Wangen hat die ganze Zeit über nicht die geringste Veränderung erlitten."

Mit innigem Ergötzen an den verstörten Mienen ihrer Untergebenen fuhr sie fort. „Was habt ihr für Nerven, ihr zwei! – Mir hat der Lärm wohl getan. Man hört doch einmal wieder, was die menschliche Stimme vermag. Solch ein Gespräch reinigt die Luft, ich fühle mich erquickt wie nach einem Gewitter!"

An dem Tage, an dem die Brüder die Entdeckung gemacht hatten, daß sie bereits seit zehn Jahren in Wlastowitz weilten, statteten sie der Exzellenz einen Besuch ab. Die Gesellschaft hatte sich, wie gewöhnlich, in der Salle à terrain versammelt. In der rechten Ecke des Kanapees, das vor dem runden Tische stand, saß die Herrin von Perkowitz; Friedrich und Ludwig hatten auf zwei Armstühlen Platz genommen. Fräulein Ruthenstrauch wickelte in der Fenstervertiefung Seide ab, Sekretär Scheber hatte sich auf den Rand eines dünnbeinigen Sessels niedergelassen, in respektvoller Entfernung von den hochgeborenen Herrschaften und in einer Positur, die die Mitte hielt zwischen Schweben und Sitzen. Er blickte die Freiherren von Zeit zu Zeit verstohlen an und dachte: Was wird es heute geben?

Aber es gab nichts. Die Brüder waren in weicher, melancholischer Stimmung. Die Betrachtung über die rasche Flucht der Zeit, die Friedrich kürzlich angestellt, hatte einen starken Eindruck in seinem und in Ludwigs Gemüt hinterlassen.

Beide waren sich der entschwundenen Jugend,

des versäumten Glückes plötzlich bewußt geworden und fühlten sich eigentümlich bewegt.

Die alte Exzellenz schwang vergebens ihre kleine Erisfackel; die Funken, die sonst wie in ein Pulverfaß gefallen wären, fielen jetzt wie in nasses Gras.

„Wissen Eure Exzellenz“, sagte Friedrich, „wie lange wir nun schon in Wlastowitz leben? – Zehn Jahre sind's! Ja, seit zehn Jahren genießen wir die Ehre, Ihre Nachbarn zu sein!“

„Erst seit zehn Jahren?“ erwiderte sie. „Ich hätte geglaubt, unser Krieg wär' schon ein dreißigjähriger.“

„So?“ – Friedrich ging mit sich zu Rate, ob dies eine Schmeichelei oder das Gegenteil sei. „Sehen Eure Exzellenz! ... und ich machte erst kürzlich meinem Bruder die Bemerkung, daß die Zeit doch eigentlich sehr schnell ... daß ich fände, daß eigentlich – die Zeit – ach, die Zeit ...“

Er wußte nicht mehr, was er sagte, sagte es auch nur noch mechanisch hin und verstummte ganz, bevor er ein Ende seines Satzes gefunden hatte.

Aber wenn die Stimme ihm ausblieb, so führten seine Augen eine um so beredtere Sprache. In Worte übersetzt würde sie gelautet haben: „Oh, wie schön! ... O du grundgütiger Himmel, wie teufelsmäßig schön! ... Etwas Schöneres kann man sich nicht denken und gibt's nicht!“

Die Augen aller Anwesenden folgten der Richtung seines verzückten Blickes. In der Tür, die zu den Gastzimmern führte, stand eine hohe, weibliche Gestalt. Nicht mehr in der ersten, aber so wahr einem das Herz aufging bei ihrem Anblicke, in der schönsten Blüte. Sie trug ein einfaches weißes Kleid, die prachtvollen kastanienbraunen Haare waren, in schwere Zöpfe geflochten, um den edel geformten

Kopf gelegt. In der Hand hielt sie einen Strohhut, Handschuhe und Sonnenschirm, und so eigentümlich geschmackvolle, ja wirklich allerliebste Dinge, wie diesen kleinen schwarzen Strohhut, diese schwedischen Handschuhe und diesen Sonnenschirm aus ungebleichter Seide, meinte Friedrich in seinem ganzen Leben nicht gesehen zu haben.

So hatte ich mir meine Josephe vorgestellt! dachte er. Ludwig dachte: Mit der kann sich nicht einmal meine Lina vergleichen, und beide dachten: Kein Traum kann holder sein! Aber sie hat vor diesem voraus, daß sie nicht zerstiebt beim Erwachen, daß man sie auch mit offenen Augen sehen, ja sogar mit ihr sprechen kann.

Als die Exzellenz ihr die Freiherren nannte und dann zu diesen sagte: „Meine Nichte Siebert", verneigte sie sich, lächelte und versicherte auf das liebenswürdigste, daß sie „sehr erfreut" sei.

Sie setzte sich zu ihrer Tante auf das Kanapee, in die linke Ecke, neben der Friedrichs Armstuhl stand.

Der ältere Freiherr begann sogleich mit dem schönen Gaste des Schlosses ein lebhaftes Gespräch, während der jüngere tiefsinnig schwieg und die Dame mit ausbündiger Bewunderung betrachtete.

Der Eindruck, den die Erscheinung dieses entzückenden Wesens auf ihn machte, war um so überwältigender, als er ihn in einem Augenblicke innerer Wehrlosigkeit empfing; in einem Augenblicke der Wehmut, der Reue – der Schwäche mit einem Wort!

Es gibt aber auch Zufälligkeiten im Leben, derart merkwürdig, daß man sie für Winke des Schicksals halten muß, und wäre man weise wie Kant und aufgeklärt wie Voltaire. Ich möchte den sehen, der in der Stunde, in welcher er den Verlust einer guten Gelegenheit betrauert, eine hundertmal bessere fände und nicht ausriefe:

„Fatum! Fatum!“

Was Ludwig betrifft, er meinte die Stimme zu hören, die ihm zurief: Da hast du's wieder, das Glück – das verloren gewähnte! Und diesmal greifbar genug. Es wohnt in Perkowitz – es ist die Nichte deiner nächsten Nachbarin!

Er beneidete seinen Bruder recht herzlich um die Beredsamkeit, die er entwickelte. Freilich, man muß borniert sein, um vor so einem wunderbaren Wesen mit so hausbackenem Zeuge auszurücken. Es geschah indessen mit hinreißendem Ausdruck. Friedrich sagte: „Solches Wetter im September – das ist ein Segen – da reifen die Trauben – da polarisieren die Rüben!“ und sah sie dabei mit Blicken an, die sie förmlich einhüllten in Wohlwollen, und neigte sich über ihre Hände, die auf dem Tische lagen und mit den schwedischen Handschuhen spielten, so tief, so tief, daß man meinte, er werde sie gleich küssen.

Die Dame schien sich des Zaubers, den sie ausübte, wohl bewußt. Sie hätte eine deutsche Lustspielnaive sein müssen, um nichts davon zu merken; doch wurde sie dadurch nicht übermütig, schien eher ein wenig verlegen, ein bißchen unangenehm berührt.

Wer jedoch die Freiherren mit heller Schadenfreude beobachtete, in wessen Mienen sich der Ausdruck des boshaftesten Triumphes spiegelte, das war niemand anders als Ihre Exzellenz.

Vorderhand war ihr jedoch daran gelegen, ihre wahren Gefühle zu verbergen, und plötzlich hub sie mit ihrer lauten, gedehnten Nasenstimme an: „Ja, was heißt denn das? Mein lieber Ludwig? Ich frage Sie schon dreimal, ob Sie Ihre Wolle endlich verkauft haben, und kriege keine Antwort. Was ist denn überhaupt mit euch beiden? Ich weiß nicht, wie ihr mir vorkommt, meiner Treu! ... Der eine sitzt da wie Amadis auf dem Armutsfelsen, und der andere ... Nehmen Sie sich in acht, Fritz, Sie sehen heute wieder aus, so rot, als sollte Sie gleich der Schlag treffen."

Den Freiherren war zumute, als ob sie durch einen Fußtritt aus dem siebenten Himmel auf die Erde geschleudert worden wären, und zwar dahin, wo sie am miserabelsten ist. Sie hätten in dem Momente die alte Dame ganz gern totgeschlagen.

Diese fuhr fort: „Übrigens haben wir miteinander noch ein Hühnchen zu pflücken. Ich wollte Sie bitten, Ihrem Förster die Erlaubnis zu geben, wenigstens manchmal irgendwo anders als an der Grenze zu jagen."

„Die Erlaubnis?" murmelten die Brüder. „Exzellenz ... in der Tat ..."

„Als an der Grenze!" wiederholte die Exzellenz scharf und nachdrücklich. „Er patrouilliert Tag und Nacht vor meiner Remise auf und ab und pafft nieder, was sich zeigt – Bock oder Geiß!"

Die Freiherren schrien auf. Die Augen Friedrichs funkelten und die Ludwigs schossen Blitze. „Ich gebe mein Wort", sprach der letztere, „daß der Förster entlassen ist, wenn mir die Geiß bewiesen wird."

„Er vaziert!" rief die Exzellenz und streckte ihre dürre Hand befehlend aus. „Die Geiß ist vorgestern geschossen worden!"

„Exzellenz!" entgegnete Friedrich, kaum mehr Herr seiner selbst, „ich habe das Stück gesehen, es war ein Bock!"

„Es war eine Geiß!" fiel Ihre Exzellenz mit kalter Bosheit ein, und Friedrich schrie wütend ... das heißt, er schickte sich an, wütend zu schreien, doch blieb es bei der Absicht. Ein Blick seiner schönen Nachbarin verwandelte seine Aufregung in Ohnmacht und seinen Groll in Wonne. Sie sah ihn erschrocken an, flüsterte ihm leise flehend zu: „Ich bitte Sie! Haben Sie Nachsicht mit dem Eigensinn des Alters."

— Ich bitte Sie! ...

Es klang wie himmlische Musik, hinreißend und unwiderstehlich. Nicht nur beschwichtigt, nein, selig neigte er das Haupt vor Ihrer Exzellenz und sprach mannhaft und begeistert wie ein ritterlicher Märtyrer:

„Wenn Euer Exzellenz befehlen, so war es denn eine Geiß."

„Da haben wir's!" sagte die Tante; die Nichte jedoch legte die Hände wie applaudierend zusammen: „Bravo! Bravo! Sie sind ja außerordentlich liebenswürdig, Baron Gemperlein!"

„In solcher Nähe bemüht man sich wenigstens..." sagte er mit gutmütiger Naivität, und überwältigt von seiner großen, rasch entflammten Sympathie, fügte er hinzu: „Bleiben Sie doch recht lange bei uns, Fräulein!"

Sie hob bei diesem Worte errötend und mit schalkhaft protestierender Miene den Kopf. Schebers Augenbrauen fuhren ihm plötzlich vor Entzücken mitten auf die Stirn; Fräulein Ruthenstrauch stieß in ihrer Fensterecke ein Gekicher aus ... Aber die Herrin blickte die beiden Satelliten strafend an. — Schebers Gesicht legte sich sogleich wieder in die gewohnten Angst- und Kummerfalten. Fräulein Ruthenstrauch unterdrückte ihr Gekicher und widerrief es gleichsam durch ein lebhaftes Räuspern.

Die Exzellenz brachte rasch einen neuen Gesprächsgegenstand auf das Tapet und sagte dann, sich an ihren Gast wendend: „Wollen wir den Kaffee im Pavillon trinken, Klara?"

So erfuhren die Brüder, daß die Nichte Frau von Sieberts Klara hieß. Friedrich hatte eine große Freude darüber, begnügte sich aber mit dieser Kenntnis nicht, sondern brachte es, abgefeimt, wie er einmal war, im Laufe des Abends durch geschickt eingeholte Erkundigungen und feingestellte Fragen so weit, daß er erfuhr, Klara sei die Tochter des Schwagers der Kanzlerin, Herrn von Sieberts, Obersten in sächsischen Diensten. Er jubelte über den Erfolg seiner Forschungen. Diesmal wird ihm Ludwig nicht vorwerfen können, daß er sich in ein Phantom verliebt hat, diesmal geht er gründlich, praktisch, besonnen an die Vorbereitungen zu einer künftigen möglichen Werbung.

Der Pavillon, in dem das Abendbrot eingenommen wurde, befand sich auf einer Höhe derjenigen gegenüber, von der aus Schloß Wlastowitz die Gegend beherrschte. Klara erklärte, es sei wunderhübsch gelegen, nehme sich mit seinen weißen Schornsteinen und seinem hohen, französischen Dache sehr freundlich, ja, man könne sogar sagen, imposant aus.

Friedrich meinte ganz beseligt, es käme ihm selbst manchmal so vor. Wlastowitz sei überhaupt ein Aufenthalt, der eigentlich nichts zu wünschen übrig lasse ... „Eines freilich ausgenommen — eines ja — längst gesucht — nicht gefunden — es fehlt eine ..."

„Halt!" unterbrach ihn Klara, „lassen Sie mich raten!"

„Gut, gut, raten Sie ... Raten Sie" — wiederholte er leise und blinzelte sie erwartungsvoll an.

„Das wäre eine Kunst, das zu erraten!“ sprach die Kanzlerin trocken. „Eine Hausfrau fehlt Ihnen, das weiß ja die ganze Welt.“

Klara versicherte, daß sie auf den Gedanken nicht gekommen wäre; sie lachte, sie scherzte, und, harmlos mitlachend, bemerkte Friedrich die Blicke des Einverständnisses nicht, die Tante und Nichte, Sekretär und Gesellschafterin miteinander wechselten.

Ludwigs Angesicht hatte sich verfinstert. Er schämte sich seines Bruders, er mußte sich zusammennehmen, um ihm nicht laut zuzurufen: Man hat dich zum besten! Das aber ging jetzt durchaus nicht an, und so sagte er nur in tadelndem Tone zu Klara:

„Sie besitzen ein sehr heiteres Naturell.“

Sie senkte die Augen und sah plötzlich ganz betroffen aus; erst nach einer kleinen Pause antwortete sie: „Ja.“

Nur: Ja – aber in dem einen Wörtchen lag das freimütigste Eingeständnis, die liebenswürdigste Reue. Ludwig fühlte sich entwaffnet und sagte, schon freundlicher: „Dazu kann man nur gratulieren!“

„Nicht wahr?“ sprach sie: „Es ist gut, zu den Leuten zu gehören, die Gott danken, daß er neben den tiefsten Schatten das hellste Licht gestellt hat.“

Ein Zitat, nicht gerade neu, allein ganz scharmant angebracht; er mußte ihr seine Anerkennung aussprechen, sie fand eine geistvolle Antwort, und die hohe Meinung, die er sich beim ersten Anblick von ihr gemacht, war wiederhergestellt. Wie so ganz anders als mit seinem Bruder sprach dieses himmlische Wesen mit ihm! Wie gut wußte sie, mit wem sie es jetzt zu tun hatte, wie gründlich ging sie auf seine gediegenen Erörterungen ein! Er bewies ihr das Vertrauen, das ihr Verstand ihm einflößte, indem er die tiefsten Fragen berührte, mit denen sein Geist sich beschäftigte. Er stellte die drei Kardinalpunkte seiner Überzeugung auf:

1. Die einzig sittliche Staatsform ist die Republik.

2. Es gibt keine persönliche Fortdauer nach dem Tode.

3. Die Mutter alles Unheils, das je in die Welt gekommen, ist die Phantasie.

Friedrich rutschte in peinlicher Verlegenheit auf seinem Sessel hin und her. – Ein so gescheiter Mensch, dieser Ludwig! Aber wie man mit Frauen umgeht, davon hat er keine Idee! ... Es tut einem leid, Jesus, wirklich leid um ihn ...

Die Kanzlerin fragte laut, wieviel Uhr es sei; Fräulein Ruthenstrauch und der Sekretär gähnten durch die Nase. Es begann kühl und dunkel zu werden; die Gesellschaft begab sich nach dem Schlosse zurück. Im Speisezimmer brannten schon die Lichter, und der Bediente trat an Ihre Exzellenz mit der Frage heran, für wie viele Personen gedeckt werden solle ... „Gedeckt? ... Wozu? ...“ fiel ihm die Frau vom Hause ins Wort und wandte sich dann mit unverhohlener Ungeduld zu den Freiherren: „Bleiben Sie auch beim Souper?“

Sie wurde nicht verstanden: denn wie aus *einem* Munde versicherten die Brüder, daß sie nicht vermöchten, einer so gütigen Aufforderung zu widerstehen.

„Jetzt dauert mir der Spaß lange genug!“ sagte Ihre Exzellenz so laut zur Ruthenstrauch, daß diese erschrak und einen langen Blick auf die Freiherren warf. Unnötige Sorge! Sie sahen und hörten nur die schöne Klara. Das Souper wurde auf- und wieder abgetragen: die hartnäckigen Gäste rührten sich nicht.

Die Kanzlerin gab endlich den Befehl, den Wagen der Freiherren, der längst angespannt war, anzumelden. Da erwachten sie wie aus einem Traume und empfahlen sich – beide so verliebt, wie sie es bisher nicht geahnt hatten, daß man es sein könne.

V.

Zum ersten Male seit zehn Jahren brachten die Brüder eine schlaflose Nacht zu. Zum ersten Male unterblieb am folgenden Tage der Morgenritt, zum ersten Male frühstückte jeder von ihnen auf seinem Zimmer und streifte dann allein durch Wälder und Fluren. Sie kamen nicht nach Hause zum Mittagessen, worüber Anton Schmidt beinahe in Verzweiflung und die Köchin in solche Aufregung geriet, daß sie eine spanische Windtorte mit Bratensoße statt mit Schokolade übergoß und dem Küchenmädchen, das ihr Versehen zu belächeln wagte, mit sofortiger Entlassung drohte.

Frau Kurzmichel, von den Vorgängen im Schlosse unterrichtet, brachte den Tag in Angst und Sorge zu und wußte keine Antwort auf die unablässig wiederholte Frage ihres Gatten: „Was tun? Was beginnen?“

Angesichts des Unerhörten steht auch der größte Verstand still.

Abends gegen acht Uhr begab sich der Herr Verwalter gewohntermaßen zum Vortrage in das Schloß. Es war darin so still, als würde es nur von Mäusen bewohnt. Anton hatte sich in höchster Angst aufgemacht, um seinen Gebieter zu suchen. Die übrige Dienerschaft saß wispernd und flüsternd in der hellerleuchteten Küche um den warmen Herd.

Kurzmichel durchwanderte vorsichtshalber zuerst die ganze Enfilade. Alles leer, verödet und unheimlich dunkel. Der alte Mann nahm endlich Platz auf dem schwarzen Ledersofa im Vorgemache und wartete, seine Wirtschaftsbücher unter dem Arme. Durch das breite Fenster ihm gegenüber blinkte der Abendstern freundlich herein, während hellgraue Nebel langsam emporstiegen aus den Wiesen im Tale und sich allmählich mit dem schweren Wolkenkranze verbanden, der unbeweglich über den Bergen lag. Kurzmichel begann über alles nachzusinnen, was den Herren begegnet sein konnte, und schreckliche Möglichkeiten stellten sich ihm dar. Vielleicht waren beide verunglückt – vielleicht nur einer – vielleicht einer durch den anderen... Kurzmichel hat so etwas tausendmal befürchtet bei ihrem Temperament, bei ihrer nie gestillten Kampflust!... Vielleicht war es zum Äußersten gekommen; vielleicht ist jetzt einer der Brüder... Nein, der Gedanke ist nicht auszudenken... Kurzmichel bemüht sich, die entsetzlichen Vorstellungen, die ihn bedrängen, durch eine friedliche Geistestätigkeit zu beschwören, und beginnt halblaut das große Einmaleins herzusagen. Dabei jedoch lauscht er fieberhaft gespannt gegen die Treppe hin, und endlich ist ihm, als ließen sich Schritte auf derselben vernehmen. Sie steigen langsam herauf; die Tür des Vorsaales öffnet sich, um eine imposante Gestalt einzulassen, und die Stimme des Freiherrn Friedrich spricht: „Wer ist da? Warum zündest du die Lampe nicht an, du Esel?"

Der Verwalter fühlte sich durch den „Esel" nicht getroffen; denn sein Herr hält ihn offenbar für den

Hausknecht; doch er kann nicht umhin, zu denken, daß die Freiherren diese für jeden Menschen demütigende Bezeichnung doch etwas seltener gebrauchen sollten.

„Ich bin's, Euer Hochwohlgeboren", spricht er; „ich komme, ich erscheine zum Vortrag."

Ein unartikulierter Laut – das Wort „Vortrag" nachgemurmelt mit einem Akzente, als bezeichne er etwas Ungeheuerliches, nie Gehörtes. Friedrich fährt Herrn Kurzmichel an: „Sprechen Sie mit meinem Bruder!" und geht an ihm vorüber in den Saal, dessen Tür er kräftig hinter sich zuschlägt.

Mit meinem Bruder! ... Kurzmichel atmet und lebt wieder auf, und als der Hausknecht mit dem brennenden Wachsstock hereinstürzt, die Hängelampe anzündet und forteilt, um weiterhin Licht zu verbreiten, schlägt der Verwalter sich vor die Stirn, als wollte er sie strafen für die tollen Vorstellungen, die sie eben gehegt.

Wieder rasselte die schwere Tür in ihren Angeln, und herein trat Freiherr Ludwig. Er trug den Kopf wie immer hoch und stolz, hatte beide Hände in die Taschen seines langen Überrockes versenkt und schritt gerade so zerstreut wie Friedrich an Herrn Kurzmichel vorüber. „Ich komme zum Vortrage", sprach dieser. „Sprechen Sie mit meinem Bruder! –" rief Ludwig, ohne sich aufzuhalten, ohne ihn nur anzusehen, und warf die Salontür noch kräftiger hinter sich zu, als Friedrich getan.

Herr Kurzmichel kannte die barsche Art seiner Herren, wurde aber immer empfindlich durch sie verletzt. Beim Nachhausekommen erklärte er seiner Gattin, man brauche etwas Unangenehmes deshalb noch nicht angenehm zu finden, weil es einem täglich widerfährt. Die treffliche Frau ließ die Richtigkeit dieser Bemerkung gelten und gewährte ihrem Manne den besten Trost, den es gibt: sie bedauerte ihn.

Die Freiherren nahmen das Abendessen schweigend und hastig ein. Nach demselben zündeten sie ihre Zigarren an, rückten beide ihre Stühle vom Tische weg, wandten einander nicht gerade den Rücken, aber doch die Seite zu und starrten hartnäckig in die Luft. Friedrich war der erste, der einen Laut von sich gab, indem er zu murmeln begann: „Sie-bert – Siebert! . . . Klara Siebert!"

„Was?" fragte Ludwig.

„Gute Familie", fuhr Friedrich fort. „Gehört dem ältesten Adel Sachsens an."

Ludwig entgegnete mit unglaublich sanfter Stimme: „Woher hast du das?"

Sein Bruder sah ihn flüchtig an: „Es ist meine Überzeugung", antwortete er.

„Ich glaube, daß du irrst", sagte Ludwig so sanft wie früher. „Die Siebert sind bürgerlich – Papieradel zählt ja in deinen Augen nicht – ganz bürgerlich."

Friedrich richtete sich auf, schlug heftig mit der Faust auf den Tisch und rief: „Meinetwegen!"

Es trat eine lange Pause ein. Endlich sprach Ludwig, schwer atmend, allein immer noch mit anbetungswürdiger Ruhe: „Du bist verliebt. Ich bin es auch."

Schmerzlich bejahend, nickte Friedrich mit dem Kopfe. Das Wort überraschte ihn nicht; es war nur die Bestätigung eines ihm bereits bekannten Unglückes.

„Was ist", fuhr Ludwig fort, „müssen Männer den Mut haben, gelten zu lassen. Nicht wahr?"

„Wahr", lautete die Antwort.

„Heiraten aber – kann sie nur einer."

„Auch wahr –"

„Denn – Bruder – –" Ludwig stand auf, drückte die Knöchel der geballten Hände auf den Tisch und schien sich anzuschicken, eine längere Rede zu halten. Aber Friedrich hinderte ihn an der Ausführung dieses Vorhabens, indem er sagte: „Lieber Bruder, was sich von selbst versteht, brauchst du mir doch nicht zu erklären."

„Das ist also ausgemacht. Höre ferner – höre mich ferner geduldig an. Kannst du mich ferner geduldig anhören?"

„Ich werde sehen. Rede!"

„Heiraten kann sie nur einer. Jetzt aber kommt die Frage: Welcher?"

„Das ist es ja!" Auch Friedrich stand auf, fuhr sich mit beiden Händen in die Haare und setzte sich wieder nieder.

„Ich habe gefragt: Welcher?" sprach Ludwig – „die Antwort auf diese Frage ist die selbstverständlichste der Welt und lautet: Derjenige, für den sie sich entscheidet ... Überlassen wir ihr die Wahl –"

„... Ihr – die Wahl? ... ihr die Wahl? ... Glaubst du nicht, lieber Bruder, daß sie den wählen wird, der am eifrigsten um sie wirbt? Den, der ihr zuerst seine Hand anbietet?"

„Ich glaube, lieber Bruder, daß sie denjenigen wählen wird, der ihr besser gefällt. Was werben! ... Wirbt der, der ihr nicht gefällt, so schlägt sie ihn aus ... So schlägt sie ihn aus –", wiederholte er nachdenklich.

Als die Brüder gestern von Perkowitz fortgefahren waren, hatte Ludwig die Überzeugung mitgenommen, auf Klara einen sehr günstigen Eindruck hervorgebracht zu haben. In der schlaflos durchwachten Nacht jedoch, während des einsam verträumten Tages waren allerlei Zweifel in ihm aufgestiegen. Daß sie seine geistige Überlegenheit über seinen Bruder erkannt habe, blieb ihm ausgemacht. Aber konnte nicht gerade diese Überlegenheit erkaltend auf sie wirken? Konnte nicht vielleicht Friedrichs naives und harmloses Wesen ihr sympathischer sein als sein strenges, unbeugsames? Hatte sie sich nicht gesagt: Dir könnte ich Gattin, ihm Herrin werden, und wer weiß es, vielleicht gehört sie zu den Frauen – es soll auch solche geben! –, die lieber herrschen als beherrscht werden ...

Der Vorschlag also, den er seinem Bruder machte, Fräulein Klara zwischen ihnen entscheiden zu lassen, kam aus vollkommen ehrlichem Herzen und aus dem redlichen Wunsche, der qualvollen Ungewißheit, in der sie sich befanden – so oder so! ein Ende zu machen.

Friedrich jedoch zögerte, dazu ja zu sagen. Er wußte die Antwort im voraus, die Klara geben würde, wenn man ihr die Wahl freistellte; es schien ihm falsch, treulos, hinterlistig, den armen Teufel, den Ludwig, einer sicheren Enttäuschung und Demütigung auszusetzen. Anderseits – wenn man ihm noch so oft wiederholt: Dich nimmt sie nicht! – wird er es glauben? ... Ein schwerer Kampf entspann sich in ihm. Er hätte um alles in der Welt ein anderes Auskunftsmittel finden mögen – aber er fand keines, wie sehr er sich auch quälte. So schwieg er, schwieg um so hartnäckiger, je eifriger und beredsamer Ludwig in ihn drang, entweder seinen Vorschlag anzunehmen oder einen besseren zu machen!

Während er so finster, stumm und gepeinigt dasaß, kam sein Jagdhund, legte ihm den Kopf auf das Knie und begann zu winseln. „Marsch!“ rief Friedrich, und als das Tier nicht sogleich gehorchte, gab er ihm einen derben Fußtritt. Der Hund stieß einen kurzen heulenden Laut aus und setzte sich in die Fensterecke; frierend, von Zeit zu Zeit leise winselnd, verfolgte er Friedrich fortwährend mit liebevoll flehenden Augen und trommelte vergnügt mit seinem harten Schwanze auf dem Boden, sobald es ihm gelang, einen Blick seines Herrn zu erhaschen. Dieser brummte: „Verwöhntes Vieh!“, erhob sich, holte ein Polster vom Kanapee und schleuderte es dem Hunde zu, der es sogleich mit der Schnauze in die Ecke schob und sich darauf niederlegte.

Ludwig aber brauste plötzlich auf: „Herr Gott im Himmel! . . . Da red' ich seit einer halben Stunde in diesen Menschen hinein . . . Es handelt sich um sein Lebensglück und um meines, und dieser Mensch – spielt mit seinem Hund! . . .“

Jetzt flammte auch Friedrich auf: „Habe, was du willst! . . . Gut denn, sie mag wählen! Mir ist's recht. Aber wenn die Wahl getroffen sein wird, dann – ein Feigling, wer dann rekriminiert . . .“

„Ein erbärmlicher Feigling!“ überbot ihn Ludwig. „Der eine heiratet, der andere sieht zu, wie er mit sich fertig wird.“

„Seine Sache. Mich kümmert's nicht!“

„Mich noch weniger!“

„Merke dir das!“

Die Freiherren blickten einander erbittert an und stürzten in entgegengesetzten Richtungen aus dem Gemache. So zornig sie auch noch immer waren, empfanden sie es doch als eine Erlösung, endlich wieder ihre Herzen entlastet zu haben von der bedrückenden Qual der Ratlosigkeit.

VI.

Am nächsten Tage – die Brüder waren eben von ihrem Morgenritte heimgekehrt – ließ der Herr Verwalter sich bei ihnen melden. Er berichtete, daß der Bote des Amtes Perkowitz soeben im Amte Wlastowitz einen Brief unter der freiherrlich Friedrichschen Adresse hinterlegt habe und ...

„Brief –“ unterbrach ihn Friedrich – „aus Perkowitz – wo? ...“

Kurzmichel übergab einen nett und zierlich gefalteten Zettel und bat, diese Gelegenheit ergreifen zu dürfen, um den gestern versäumten Vortrag ...

Aber der Freiherr hörte ihn nicht an. Er hatte das kleine Schreiben hastig aufgebrochen, in höchster Aufregung in allen seinen Taschen nach seinen Augengläsern gesucht – ach! seit einem Jahre konnte er, fatale Geschichte! nicht mehr ohne Augengläser lesen – und war, da er sie nicht fand, mit Riesenschritten in sein Zimmer gestürzt.

„Von wem – der Brief?“ ... fragte Ludwig dumpf.

„Von Ihrer Exzellenz –“

„Von Ihrer Exzellenz? – – –“ und Ludwig eilte seinem Bruder nach.

„Einladung!“ rief ihm dieser zu. „Ihrer Nichte und uns zu Ehren veranstaltetes Gouter im Waldschlößchen Rendezvous! ... Ihrer Nichte *und uns* ... verstehst du? *und uns*!“

„Aha!“ sagte Ludwig und nahm das Briefchen aus Friedrichs Händen. Die Schlußzeilen desselben waren viel merkwürdiger als der Anfang. Friedrich hatte sie in seinem Freudentaumel nur nicht recht angesehen:

„Wir haben Ihnen ein Bekenntnis abzulegen;

dann trinken wir Kaffee auf fernere gute Freundschaft."

„Wirklich? Steht das da?" jubelte Friedrich und hüpfte im Zimmer herum wie ein glückliches Kind.

An diesem Tage klagten die Freiherren nicht über die rasche Flucht der Zeit. Eine Stunde lang warteten beide vor dem Schlosse auf den für drei Uhr nachmittags bestellten Wagen. Pünktlich fuhr um diese Zeit die Equipage in den Hof: ein leichter Phaeton mit Braunen bespannt, die der Kutscher vom Rücksitze aus lenkte. Sobald Friedrich die Pferde erblickte, runzelte er die Stirn. „Die Hannaken?" fragte er, „wer hat befohlen, die Hannaken einzuspannen?"

„Ich!" antwortete Ludwig, schwang sich auf den erhöhten Kutschersitz und ergriff die Zügel. „Steig ein! Nun – so steig doch ein!"

Aber Friedrich blieb neben den Pferden stehen und musterte sie mit gehässigen Blicken. „Mit denen wirst du Parade machen", sprach er.

Die Braunen waren seit Monaten die Veranlassung lebhafter Streitigkeiten zwischen den Freiherren. Ludwig, der, wie Friedrich sagte, von Pferden so viel verstand wie ein Faßbinder vom Spitzenklöppeln, hatte sie von einem Bauern ohne Vorwissen seines Bruders gekauft. Als er sie diesem, voll Stolz auf die getroffene Wahl, vorführen ließ, rief Friedrich schon von weitem: „Nichts dran! Gemein!"

„Was, gemein? – Nichts ist gemein als der Hochmut. Sie haben Figur!" entgegnete Ludwig.

„Figur – aber kein Blut – und nicht einmal Figur – Beine wie Spinnen – abgeschlagenes Kreuz – Rehhälse – es sind Krampen!"

Ludwig hatte an die Pferde die unsäglichste Sorge

und Mühe gewendet, sie in Stroh stellen lassen bis an die Bäuche, mit Hafer vollgestopft – sie longiert, dressiert, eingeführt – alles umsonst! – Sie waren und blieben schlechte Zieher; faul, wenn's vom Stalle, hitzig, wenn's nach Hause ging; schreckhaft, nervös, bodenscheu – nichtsnutz mit einem Worte.

Allein Ludwigs Herz hing an ihnen, ihm gefielen sie, und weil er hoffte, daß sie auch Fräulein Klara gefallen würden, hatte er sie heute einspannen lassen.

„Steig nur ein!" wiederholte er, und trotz des innigsten Widerstrebens entschloß sich Friedrich dazu. Schwer genug kam es ihn an! Zu einer Gelegenheit, bei der man sich gern im besten Lichte zeigen möchte, bei der alles an und um einen den Stempel der Solidität und Gediegenheit tragen soll, mit solchem Gespann vorzufahren – dazu gehört etwas! ...

Allein er tat's; er gab nach. Der arme Mensch, der Ludwig, dem vermutlich schon in der nächsten Stunde die bitterste Enttäuschung bevorstand, flößte ihm Mitleid ein, und er ließ ihm denn seinen kindischen Willen.

Sie lenkten durch das Dorf. Trotz Friedrichs dringender Warnung verließ Ludwig am Ausgang desselben die Straße und schlug den Feldweg ein. Der war so schlecht wie möglich und wurde im Walde, der den nächsten Bergrücken deckte und hier die Perkowitzer Grenze bildete, sogar gefährlich; da folgte er einem Gerinne und stieg bis zur Erreichung der Wasserscheide steil hinan, rechts vom Hochwalde begrenzt, links jäh abfallend gegen den feuchten Wiesengrund. An seiner schmalsten Stelle war freilich ein Geländer angebracht, doch bestand es nur aus halbvermorschten Birkenstämmen und bedeutete viel eher: Nehmt euch in acht! als: Verlaßt euch auf mich!

Gegen alle Erwartungen Friedrichs hielten sich die Braunen heute merkwürdig gut. Sie liefen leicht und munter in gleichmäßigem Trabe vorwärts, als wüßten sie, daß ihnen die ehrenvolle Aufgabe geworden, ihren Herrn in die Arme des Glücks zu führen. Ludwig betrachtete sie liebevoll und ließ es an schmeichelhaften Zurufen nicht fehlen. Sein Gesicht strahlte vor Freude. Jetzt begann es aufwärts zu gehen, die Last des Wagens wurde den Pferden empfindlicher fühlbar: plötzlich drückten beide gegen die Stange, und eines stieß das andere mit dem Kopfe an den Hals, als ob sie sagten: „Zieh du!"

Friedrich, der bisher schweigend, mit gekreuzten Armen neben seinem Bruder gesessen hatte, sprach nun, ganz ruhig zwar, aber außerordentlich wegwerfend: „Kommen nicht hinauf."

„Kommen hinauf!" rief Ludwig.

„Im Schritt schon gar nicht."

„Nun denn, in einem anderen Tempo!" sprach Ludwig und schnalzte mit der Peitsche. Die Pferde sprangen in Galopp ein, und glücklich gelangte man ein Stückchen weiter. Aber nur zu bald erlahmte der Eifer der Hannaken, ein paar Sätze noch, und sie blieben stehen – der Wagen rollte zurück. Friedrich zwinkerte mit den Augen und stieß ein spöttisches: „Bravo!" aus. Ludwig strich Rücken und Flanken der Pferde mit wuchtigen Hieben; sie zitterten, schlugen aus und – rührten sich nicht vom Flecke. Der Kutscher stieg ab und schob einen Stein hinter eines der Räder; dabei glitt er aus, fiel, geriet, als er aufspringen wollte, zu nahe an den Wegrand und kugelte den Abhang hinab.

Friedrich lachte, Ludwig fluchte; er warf seinem

Bruder die Zügel zu, sprang vom Wagen, schlug wie rasend auf die Braunen los und schrie vor Wut schäumend: „Bestien!... Umbringen... umbringen könnt' man sie!"

Die Tiere, stöhnend unter den Schlägen, die auf sie niederhagelten, bäumten sich, ein Ruck – das gegen den Stein gestemmte Rad krachte, der Wagen stand quer über dem Wege.

Jetzt begann Friedrich die Sache nicht mehr ganz geheuer zu finden. „Du Narr, so warte doch!" rief er und wollte sich von seinem Sitze schwingen; aber Ludwig ließ ihm dazu nicht Zeit. Sinnlos vor Zorn, drang er nur wilder auf die Pferde ein. Die warfen sich zurück, prallten an das Geländer; es brach, und die ganze Equipage schlug den Weg ein, den vor ihr schon der Kutscher genommen hatte.

„Prosit!" knirschte Ludwig – aber im selben Augenblicke blitzte das Bewußtsein dessen, was er getan, mit tödlichem Schrecken in ihm auf – und ein fürchterlicher Schrei entrang sich seiner Brust.

Bleich wie eine Leiche, mit aufgerissenen Augen taumelte er zum Rande des Abhanges hin. Unten lagen die Pferde, in Zügel und Stränge verwickelt, lag der Wagen mit den Rädern in der Luft – von Friedrich war nichts zu sehen.

In verzweifelten Sätzen sprang Ludwig hinunter; der Kutscher kam herbeigehinkt: „Jesus, Maria! Jesus, Maria und Joseph!" winselte er und starrte schreckgelähmt seinen Herrn an, der, aussehend wie ein Toter, die Arbeit von zehn Lebendigen verrichtete.

Er durchschnitt und zerriß die Zügel; als ein Strang sich nicht gleich lösen lassen wollte, schlug er die Waage mit einem Stein in Stücke; er führte einen Faustschlag gegen den Kopf eines der Pferde, welches im Emporringen an den Wagenkasten stieß, daß er zurücktaumelte, als wäre ein Blitzstrahl vor ihm niedergefahren ... Nun war der Wagen frei – man sah Friedrich unter demselben liegen, das Gesicht ins Gras gedrückt, das gerötet war von Blut. Ludwig sprang hinzu. Mit Riesenkraft stemmte er sich gegen den Wagen und hob ihn vorsichtig, langsam, half nach mit dem Kopfe, mit den Schultern und schleuderte ihn neben den Mann hin, der bis jetzt seine ganze Last getragen.

Dieser Mann aber atmete tief auf – er lebte! ... Ludwig wollte sich zu ihm niederbeugen, die Arme ausstrecken – sie sanken ihm, seine Knie wankten; statt des Namens, den er auszusprechen suchte, drang nur ein gepreßtes Stöhnen aus seinem Munde ... Plötzlich hob sich Friedrich auf ein Knie empor; er wischte rasch mit der Hand das Blut ab, das ihm von der Stirn über die Augen floß, sah Ludwig vor sich stehen und –:

„Da hast du's! Es geschieht dir recht!" rief er mit einer Stimme, die keinen Zweifel darüber aufkommen ließ, daß der kräftige Gemperleinsche Brustkasten dem erlittenen Chok siegreich widerstanden hatte.

Er richtete sich auf, schüttelte sich, pustete, deutete auf die jämmerlich zerschundenen, mit Blut und Schmutz bedeckten Pferde und sprach: „Die sehen schön aus!"

Ludwig blieb noch immer unbeweglich. Die Augen glühten ihm unter den geschwollenen Deckeln und waren auf seinen Bruder geheftet mit einem Ausdrucke von Wonne und von unaussprechlicher Liebe. „Ist dir nichts?" fragte er heiser und tonlos.

Jetzt sah sich Friedrich den Menschen erst recht an; ein erstauntes und mitleidiges Lächeln glitt über sein Gesicht, er zog das Taschentuch hervor, drückte es an die Stirnwunde und murmelte etwas, das man nicht deutlich verstehen konnte, doch soll das Wort „Esel“ darin vorgekommen sein. Dann erfaßte er einen der Hannaken bei dem Zügelreste, der am Kopfgestell hängengeblieben war, und kletterte mit dem erschöpften, bei jedem Schritte stolpernden Tiere die steile Anhöhe hinauf — — etwas langsamer, als es an einem anderen Tage geschehen wäre. Der Kutscher folgte mit dem zweiten Pferde; zuletzt kam Ludwig, gesenkten Hauptes, mit einer zerbrochenen Wagenlaterne in der Hand, die er mechanisch aufgehoben hatte und festhielt.

Schweigend zog die kleine Karawane eine halbe Stunde später in Wlastowitz ein. Die Pferde wurden in den Stall geführt; dort traf man Anstalten, den im Tobel zurückgebliebenen Wagen abzuholen.

Friedrich meinte, Ludwig solle sich nur rasch umkleiden und gleich hinüberreiten nach Rendezvous; er selbst werde in einer halben Stunde nachkommen. „Es wäre gescheiter, du gingest heim und machtest dir Eisumschläge“, sagte Ludwig.

Friedrich entgegnete sehr barsch, er sei keine Wöchnerin. Sie zankten ein weniges und gingen dann ins Schloß und jeder auf sein Zimmer.

Zehn Minuten später trabte Ludwigs Reitknecht nach Rendezvous, einen Brief seines Herrn an Fräulein Klara von Siebert in der Tasche. Ludwig blieb zu Hause. Er schritt rastlos in seinen Gemächern auf und ab; in seinem Kopfe ging es zu wie in einem Pochwerk. Jede Ader schlug fieberhaft, jeder Gedanke, den das siedende Hirn gebar, war Wirrsal, Qual und Pein! Ein Gedanke — der schlimmste — erdrückte alle anderen: „Du hast das Leben deines Bruders gefährdet! . . . Wieviel hat gefehlt, und du wärest jetzt sein Mörder . . .“

Die Glocke rief zum Souper. Er ging in den Speisesaal, wo ihn Friedrich bereits erwartete. Dieser aß mit gutem Appetit; man sprach, rauchte, disputierte sogar – aber das alles ohne rechte Freude ... Das Herz war nicht dabei.

Viel früher als gewöhnlich stand Ludwig auf und sagte: „Gute Nacht –!" Er hätte so gern hinzugefügt: „Schlaf gut!" oder noch einmal gefragt: „Ist dir nichts?" Aber Friedrich würde sich geärgert oder ihn ausgelacht haben; so ließ er's bleiben und ging schweigend aus dem Saale.

Friedrich sah ihm lange wehmütig nach. Seine Augen füllten sich mit Tränen. „Armer Kerl!" murmelte er leise. Er stützte gedankenvoll den Kopf in die Hände und verharrte so eine geraume Zeit. Als er sich endlich erhob und mit entschlossenen Schritten seine Zimmer betrat, leuchtete auf seinem Antlitze der Strahl einer hohen und stolzen Freude über einen großen Sieg – einen Sieg der edelsten Selbstverleugnung und des reinsten Opfermutes. So spät es auch war, sandte Friedrich noch an diesem Abend durch einen reitenden Boten ein Schreiben an Ihre Exzellenz, Frau von Siebert, nach Perkowitz.

Indessen saß Ludwig an seinem Schreibtische und schrieb in schwungvollen Zügen, langsam und feierlich, sein Testament. Er ernannte darin seinen Bruder, den Freiherrn Friedrich von Gemperlein, zum Erben seines gesamten Hab und Gutes, falls er (Ludwig) unvermählt und kinderlos bleiben sollte, was, fügte er hinzu, vermutlich geschehen dürfte. Den Schluß des Aktenstückes bildeten die Worte: „Ich wünsche, wo immer ich sterbe, in Wlastowitz begraben zu werden."

Nach getanem Werke fühlte sich Ludwig etwas ruhiger. Dennoch duldete es ihn nicht länger in der stillen Stube; es trieb ihn hinaus in die atmende Natur, in die freie, kalte Luft. Die Nacht war dunkel, nur einzelne Sterne glitzerten am Himmel, der Wind rauschte in den Bäumen und trieb die dürren Blätter über den weißlich schimmernden Sand der Wege und knisterte in den tiefschwarzen Massen der Gebüsche.

Ludwig ging mit festen Schritten vorwärts. Noch einmal wollte er jeden Weg im Garten betreten und jeden Lieblingsbaum gegrüßt haben, bevor er, schweren Herzens, Abschied nahm.

Dich zuerst, alte Edeltanne auf der Wiese, die letzte von zehn aus dem Walde verpflanzten Schwestern. Hattest lange gekränkelt und ragst jetzt so stolz in der Fülle der Gesundheit. Dich, du edler Walnußbaum, an dem Friedrich nie vorübergeht, ohne zu sagen: „Das ist ein Baum! ..." Dann die Araucaria in der Nähe des Lärchenwäldchens – Respekt vor der! Ein Nadelbaum mit Palmennatur – nordische Kraft, vereint mit südlicher Schöne – es ist ein Wunder! ... Und du, Zeder vom Libanon, junges, schönstes Fräulein, hast einen grünsamtnen Reifrock an, und die neuen zarten Triebe schmücken deinen Wipfel wie Federn das anmutigste Haupt. Endlich der Zürgelbaum. Ein Nichtkenner geht wohl an ihm vorbei und meint, der gehöre zu der Gattung, die Äpfel trägt – aber der Kenner, ja, der reißt die Augen auf. Der bewundert den moosbedeckten, eisengrauen Stamm, die schlanken Zweige mit den Ästchen so fein wie Draht, die kleinen, seidenweichen Blätter. „Im botanischen Garten in Schönbrunn gibt's schönere Zürgelbäume, sonst nirgends!" sagt Friedrich.

Hast recht! – Schöneres mag es geben draußen in der Welt, aber nichts Lieberes, als was hier gedeiht, lebt, blüht und welkt. Schade, schade, daß man es verlassen muß. Aber unter den Umständen, die jetzt – wie bald! – eintreten werden, kann Ludwig in Wlastowitz nicht mehr leben.

Er ersteigt noch die Anhöhe am Ende des Gartens, von der aus man hinüberblicken kann auf die Gruftkapelle, die sein Vater errichten ließ. Durch das Gitter des Fensters glänzt ein kleiner, feuriger Punkt, das Licht der Lampe, die über dem Sarge des Vaters brennt – des ersten, der hier ruht.

Ein trauriges Lächeln tritt auf die Lippen Ludwigs; er freut sich, daß er in seinem Testamente den Wunsch ausgesprochen hat, in Wlastowitz begraben zu werden. Friedrich wird schon verstehen, was das heißt ... Ich kehre zurück, heißt es, zu dir, dem ich so oft wehgetan, dessen Leben ich sogar einmal in Gefahr gebracht – den ich aber doch innigst geliebt habe.

Ganz ruhig, beinahe heiter kam Ludwig nach Hause. Die Fenster von Friedrichs Schlafzimmer waren noch erleuchtet, und an den Gardinen glitt in unregelmäßigen Zwischenräumen ein hoher, dunkler Schatten vorüber. „Auch du wachst – von Sorgen und bangen Zweifeln gequält. Warte! warte! – Nur noch ein paar Stunden, und du wirst glücklich sein!"

Um elf Uhr morgens stieg am folgenden Tage Ludwig vor dem Tore des Schlosses Perkowitz vom Pferde. Ein Diener, der ihn erwartet zu haben schien, führte ihn sogleich durch die Salle à terrain zu der Tür des Gastzimmers, aus dem vorgestern Fräulein Klara wie eine himmlische Erscheinung getreten war. Der Diener pochte; eine teuere Stimme fragte: „Wer ist's?" und rief, als der Name des Besuchers genannt worden: „Ist willkommen!"

Ludwig stand vor der schönen Klara so beklommen und bewegt, daß es ihm unmöglich war, ein

Wort hervorzubringen. Auch sie blieb nicht unbefangen. Der muntere Ton, in dem sie Ludwig gebeten hatte, Platz zu nehmen, verwandelte sich nach dem ersten Blicke in das Angesicht des Freiherrn in einen sehr gedrückten.

Sie senkte die Augen, eine leichte Blässe flog über ihre Wangen, und sie sprach stockend: „Herr Baron – es ist – ich bitte ..."

Ihre Verlegenheit rührte und ergriff ihn auf das tiefste. Ach, die grausame Sitte! Daß sie unerlaubten Empfindungen verbietet, sich zu äußern, das wäre schon recht; daß aber die reinsten, die ein Mensch haben kann, unausgesprochen bleiben müssen, das ist jammervoll! Hätte Ludwig in diesem Augenblick seinem Gefühle folgen dürfen, er würde die Arme ausgebreitet und gesprochen haben: „Komm an mein Herz – liebe Schwester!"

Aber das schickte sich nun einmal nicht, und so reichte er ihr die Hand und sagte: „Ich habe mir die Freiheit genommen, Sie um ein Gespräch unter vier Augen zu bitten ..."

„Ja, ja", unterbrach sie ihn hastig, „in einem Briefe, den ich eröffnete, obwohl er eigentlich nicht an mich gerichtet war."

„Wie?"

„Ich heiße nämlich nicht Fräulein – –"

„Oh", rief er, „es handelt sich nicht darum, wie Sie heißen. Heißen Sie, wie Sie wollen. Sie sind die Nichte unserer verehrten Freundin und das liebenswürdigste Wesen, das uns je vorgekommen ist. Sie sind gewiß auch edel und gut und werden das Vertrauen nicht mißbrauchen, das mich zu Ihnen führt, und mit dem ich Ihnen sage: Sie haben auf den besten Menschen, den es gibt, einen großen Eindruck gemacht – auf meinen Bruder, Fräulein. – Ich komme hierher ohne sein Vorwissen, in der Absicht, Sie günstig für ihn zu stimmen. Ich meine es mit Ihnen nicht minder ehrlich als mit ihm und beschwöre Sie in Ihrem eigenen Interesse: Lassen Sie sich seine Werbung gefallen ..."

Er sprach mit solchem Eifer, daß es ihr, wie oft sie es auch versuchte, nicht gelang, ihn zu unterbrechen. Als er nun schloß: „Versäumen Sie die Gelegenheit nicht, die glücklichste Frau der Welt zu werden!" gab ihre Ungeduld ihr den Mut, mit Entschlossenheit zu sagen: „Diese Gelegenheit ist aber schon versäumt, Herr Baron: ich bin verheiratet!"

Er fuhr von seinem Sessel auf mit einem Entsetzen, das sich nicht schildern läßt. „Sie scherzen", stammelte er; „das kann nicht sein – das ist ja unmöglich!"

„Warum?" fragte sie. „So gut wie Ihr Herr Bruder kann auch ein anderer mich annehmbar gefunden haben, zum Beispiel mein Vetter Karl Siebert, der mich vor etlichen Jahren heimgeführt. Warum glauben Sie, daß ich bis jetzt sitzengeblieben sei? Denn, erlauben Sie mir, für ein Fräulein wäre ich doch etwas bejahrt."

Ludwig blickte sie wehmütig an und sprach: „So schön, so liebenswürdig, so geistvoll und – schon verheiratet!"

„Und wenn Sie wüßten, wie lange!" versetzte sie, und all ihre Munterkeit und ihr guter Humor hatten sich wieder eingefunden.

„Entschuldigen Sie, gnädige Frau", sagte Ludwig; „es wäre besser gewesen, wenn Sie die Gewogenheit gehabt hätten, uns das früher mitzuteilen."

„Haben Sie danach gefragt? Mit welchem Rechte durfte ich Sie mit meinen Familienangelegenheiten behelligen?" war ihre schlagfertige Entgegnung.

Er sagte nur noch: „O gnädige Frau!" und empfahl sich ehrerbietig; ihr aber – seltsam! – ihr verging dabei ganz und gar die Lust, über den sonderbaren Herrn zu lachen.

Sie eilte ihm nach, erreichte ihn, als er eben die Schwelle betrat, und sagte herzlich und warm: „Leben Sie wohl, Herr von Gemperlein!" Sie bot ihm zum Abschied die Hand. Ludwig wandte den Kopf und tat, als ob er es nicht sähe; er grüßte nur noch einmal tief, und die Tür schloß sich hinter ihm.

Im Vestibüle kam, aus ihrem zu ebener Erde gelegenen Schreibzimmer tretend, Frau von Siebert dem Freiherrn entgegen.

„Ja, was machen Sie denn hier?" fragte die Exzellenz. „Warum kommen Sie denn selbst? Ihr Abgesandter hat schon Bescheid erhalten."

„Wen meinen Exzellenz?"

„Den Fritz mein' ich. Er war da vor einer halben Stunde – als Freiwerber für Sie."

„Für mich?"

„Und was für einer! Wenn Sie einmal wieder heiraten wollen – sprechen Sie ja nicht selbst – lassen Sie den Fritz für Sie sprechen. Ich war ganz erschüttert – bedauerte nicht wenig, sagen zu müssen: Es ist zu spät!"

Ludwig faßte sich mit beiden Händen an den Kopf: „Dieser Friedrich! Das ist ein Mensch!" rief er.

Aus seiner Stimme klang eine so mächtige Rührung, daß die Exzellenz förmlich davon ergriffen wurde; sie suchte sich der ihr unangenehmen Empfindung rasch zu entziehen, trat dicht vor Ludwig hin, zupfte ihn am Ohr und sagte: „Nichts für ungut. Fast tut mir's leid, daß wir Euch den Streich spielten. Die Klara wollte ohnehin nicht dran, aber ich habe sie gezwungen, ich mußte Rache haben für meine Geiß."

„Euer Exzellenz!“ entgegnete Ludwig, „ich kann Ihnen die Versicherung geben: es war ein Bock.“

„Mag es gewesen sein, was immer – das Jagdvergnügen an meiner Grenze will ich Euerm Förster versalzen.“

Damit schieden sie. – –

Ein paar Monate nach diesem Ereignis begannen die Brüder abermals allerlei Heiratsprojekte zu schmieden.

„Du solltest doch endlich heiraten!“ sagte von Zeit zu Zeit einer zu dem andern. Sie stellten manchmal Betrachtungen über ihr Schicksal an.

„Es ist wirklich sonderbar“, meinte Ludwig. „Als ich mit der Aepelblüh Ernst machen wollte, trat sie gerade an den Traualtar, und als wir daran dachten, jene Nichte zu unserer Hausfrau zu machen, war sie bereits seit zehn oder wieviel Jahren verheiratet, und ich müßte mich sehr irren“, fügte er geheimnisvoll hinzu, „wenn sie nicht auch schon Nachkommenschaft besaß.“

Friedrich bemerkte, daß sich im Leben, mit mehr oder weniger Unterschied, doch alles wiederhole. Sie seien einmal bestimmt, die erstaunlichsten Liebesabenteuer zu haben; unter den vielen, die ihnen noch bevorständen, werde sich schon dasjenige finden, das in den Hafen der Ehe führt.

Trotz dieser Voraussicht und trotz des guten Vorsatzes, ihren Stamm in Ehren zu erhalten, hat keiner der Brüder sich vermählt. Sie sind hinübergegangen, ohne einen Erben ihres Namens zu hinterlassen, und so ist denn, wie so vieles Schöne auf dieser Erde, auch das alte Geschlecht derer von Gemperlein – erloschen.